生活，是可爱的

季羡林 著

浙江教育出版社·杭州

只 为 优 质 阅 读

好
读

Goodreads

旧历元旦前后，我一定要设法弄到几盆水仙，

眼睛里看到的是翠绿的叶子，鼻子里闻到的是氤氲的幽香，

我顾而乐之，心旷神怡。

明年，春天总会重返大地的。

春天总还是春天，

她能让万物复苏，让万物再充满了活力。

要待在人间，

就必须受时间的制约。

在时间面前，人人平等。

我真觉得，大千世界是美妙的。

我真觉得，人间是秀丽的。

我真觉得，生活是可爱的。

古人说："文武之道，一张一弛。"

有张无弛不行，有弛无张也不行。

张弛结合，斯乃正道。

就是在那种极其困难的环境中，

人生乐趣仍然是有的。

在任何情况下，人生也绝不会只有痛苦。

代序

我的生活和学习[1]

关于生活，上面谈到的学生生活，我都有份儿，这里用不着再来重复。

但是，我也有独特的地方，我喜欢自然风光，特别是早晨和夜晚。早晨，在吃过早饭以后上课之前，在春秋佳日，我常一个人到校舍南面和西面的小溪旁去散步，看小溪中碧水潺潺，绿藻漂动，顾而乐之，往往看上很久。到了秋天，夜课以后，我往往一个人走出校门在小溪边上徘徊流连。上面我曾提到王崑玉老师出的作文题《夜课后闲步校前溪观捕蟹记》，讲的就是这个情景。我最喜欢看的就是捕蟹。附近的农民每晚来到这里，用苇箔插在溪中，小溪很窄，用不了多少苇箔，水能通过苇箔流动，但是鱼蟹则是过不去的。农民点一盏煤油灯，放在岸边。我在回忆正谊中学的文章中，曾说到蛤蟆和虾是动

① 本文节选自《我的小学和中学》。

物中的笨伯。现在我要说，螃蟹绝不比它们聪明。在夜里，只要看见一点亮，就从芦苇丛中爬出来，奋力爬去，爬到灯边，农民一伸手就把它捉住，放在水桶里，等待上蒸笼。间或也有大鱼游来，被苇箔挡住，游不过去，又不知回头，只在箔前跳动。这时候农民就不能像捉螃蟹那样，一举手，一投足，就能捉到一只，必须动真格的了。只见他站起身来，举起带网的长竿，鱼越大，劲越大，它不会束“手”待捉，奋起抵抗，往往斗争很久，才能把它捉住。这是我最爱看的一幕。我往往蹲在小溪边上，直到夜深。

在学习方面，我现在开始买英文书。我经济大概是好了一点，不像上正谊时那么窘，节衣缩食，每年大约能省出两三块大洋，我就用这钱去买英文书。买英文书，只有一个地方，就是日本东京的丸善书店。办法很简便，只需写一张明信片，写上书名，再加上三个英文字母COD（Cash On Delivery），日文叫作“代金引换”，意思就是：书到了以后，拿着钱到邮局去取书。我记得，在两年之内，我只买过两三次书，其中至少有一次买的是英国作家吉卜林的短篇小说集。不知道为什么我当时竟迷上了吉卜林。后来学了西洋文学，才知道，他在英国文学史上是一个上不得大台盘的作家。我还试着翻译过他的小说，只译了一半，稿子早就不知道丢到哪里去了。反正我每次接到丸善书店的回信，就像过年一般欢喜。我立即约上一个比较要好的同学，午饭后，立刻出发，沿着胶济铁路，步行走向颇远的商埠，到邮政总局去取书，当然不会忘记带上两三块大洋。走在铁路上的时候，如果适逢有火车开过，我们就把一枚铜元放在铁轨上，火车一过，拿来一看，已经轧成了扁的，这个铜元当然就作废了，这完全是损己而不利人的恶作剧。要知道，当时我们才十五六岁，正是顽皮的时候，不足深责的。有一次，我特别惊喜，我们在走上铁路之前，走在一块荷塘边上。此时塘里什么都没有，荷叶、苇子和稻子都没有。一片清水像明镜一般展现在眼前，“天光云影共徘徊”，风光极为秀丽。我忽然见（不是看）到离开这二三十里路的千佛山的倒影清晰地映在水中，我大为惊喜。记得刘铁云《老残游记》中曾写到在大明湖看到千佛山的倒影。有人认为荒唐，离开二十多里，怎能在大明湖中看到倒影呢？我也迟疑不决。今天竟于无意中看到了，证明刘铁云观察得细致和准确，我怎能不狂喜呢？

从邮政总局取出了丸善书店寄来的书以后，虽然不过是薄薄的一本，然而内心里却似乎增添了极大的力量。一种语言文字无法传达的幸福之感油然溢满心中。在走回学校的路上，虽然已经步行了二十多里路，却一点也感不到疲倦。同来时比较起来，仿佛感到天空更蓝，白云更白，绿水更绿，草色更青，荷花更红，荷叶更圆，蝉声更响亮，鸟鸣更悦耳，连刚才看过的千佛山倒影也显得更清晰，脚下的黄土也都变成了绿茵，踏上去软绵绵的，走路一点也不吃力。这是我第一次用自己省下来的钱买自己心爱的英文书的感觉，七十多年以后的今天，一回忆起来，仍仿佛就在眼前。这种好买书的习惯一直伴随着我，至今丝毫没有减退。

北园高中对我一生的影响，还不仅仅是培养购书的兴趣一项，还有更重要的影响。这种影响是关键性的，夸大一点说是一种质变。

我在许多文章中都写到过，我幼无大志。小学毕业后，我连报考著名的一中的勇气都没有，可见我懦弱、自卑到什么程度。在回忆新育小学和正谊中学的文章中，特别是在第二篇中，我曾写到，当时表面上看起来很忙，但是我并不喜欢念书，只是贪玩。考试时虽然成绩颇佳，距离全班状元道路十分近，可我从来没有产生过当状元的野心，对那玩意儿一点兴趣都没有。钓虾、捉蛤蟆对我的引诱力更大。至于什么学者，我更不沾边儿，我根本不知道天壤间还有学者这一类人物。自己这一辈子究竟想干什么，也从来没有想过。朦朦胧胧地似乎觉得，自己反正是一个上不得台盘的人，一辈子能混上一个小职员当当，也就心满意足了。我常想，自己是有自知之明的，但是自知得过了头，变成了自卑。家里的经济情况始终不算好。叔父对我大概也并不望子成龙。婶母则是希望我尽早能挣钱。正谊中学毕业后，我曾被迫去考邮政局，邮政局当时是在外国人手中，公认是铁饭碗。幸而我没有被录取。否则我就会干一辈子邮政局，完全走另外一条路了。

但是，人的想法是能改变的，有时甚至是一百八十度的改变。我在北园高中就经历了这样的改变。这一次改变，不是由于我参禅打坐顿悟而来的，也不是由于天外飞来的什么神力，而完全是由于一件非常偶然的事件。

北园高中是附设在山东大学之下的。当时山大校长是山东教育厅长王寿彭，是前清倒数第二或第三位状元，是有名的书法家，提倡尊孔读经。我在上面曾介绍过高中的教员，教经学的教员就有两位，可见对读经的重视，我想这与状元公不无关联。这时的山东督军是东北军的张宗昌，绿林出身，绰号“狗肉将军”，不知道自己有多少兵，不知道自己有多少钱，不知道自己有多少姨太太，以这“三不知”蜚声全国。他虽一字不识，也想附庸风雅，有一次竟在山东大学校本部举行祭孔大典，状元公当然必须陪同。督军和校长一律长袍马褂，威仪俨然。我们附中学生十五六岁的大孩子也奉命参加，大概想对我们进行尊孔的教育吧。可惜对我们这一群不识抬举的顽童来说，无疑是对牛弹琴。我们感兴趣的不是三跪九叩，而是院子里的金线泉。我们围在泉旁，看一条金线从泉底袅袅地向上漂动，觉得十分可爱，久久不想离去。

在第一年级第二学期结束，考试完毕以后，状元公忽然要表彰学生了。大学的情况我不清楚，恐怕同高中差不多。高中表彰的标准是每一班的甲等第一名，平均分数达到或超过95分者，可以受到表彰。表彰的办法是得到状元公亲书的一个扇面和一副对联。王寿彭的书法本来就极有名，再加上状元这一个吓人的光环，因此他的墨宝就极具有经济价值和荣誉意义，很不容易得到的。高中共有六个班，当然就有六个甲等第一名；但他们的平均分数都没有达到95分。只有我这个甲等第一名平均分数是97分，超过了标准，因此，我就成了全校中唯一获得状元公墨宝的人，这当然算是极高的荣誉。不知是何方神灵呵护，经过了七十多年，经过了不知道多少世局动荡，这一个扇面竟然保留了下来，一直保留到今天。扇面的全文是：

> 净几单床月上初，主人对客似僧庐。
> 春来预作看花约，贫去宜求种树书。
> 隔巷旧游成结托，十年豪气早销除。
> 依然不坠风流处，五亩园开手剪蔬。
>
> 录樊榭山房诗　丁卯夏五
>
> 美林老弟正　王寿彭

至于那一副对联，似尚存在于天壤间。但踪迹虽有，尚未到手。大概当年家中绝粮时，婶母取出来送给了名闻全国的大财主山东章丘旧津孟家，换面粉一袋，孟家是婶母的亲戚。这个踪迹是友人山大蔡德贵教授侦查出来的，我非常感激他；但是，从寄来的对联照片来看，字迹不类王寿彭，而且没有“羡林老弟”这几个字。因此，我有点怀疑。我已经发出了“再探”的请求，将来究竟如何，只有“且看下回分解”了。

王状元这一个扇面和一副对联对我的影响万分巨大，这看似出乎意料，实际上却在意料之中。虚荣心恐怕人人都有一点的，我自问自己的虚荣心不比任何人小。我屡次讲到我幼无大志，讲到自卑，这其实就是有虚荣心的一种表现。如果一点虚荣心都没有，哪里还会有什么自卑呢？

这里面有三层意思。第一层意思是，97分这个平均分数给了我许多启发和暗示。我在上面已经说到过，分数与分数之间是不相同的。像历史、地理等的课程，只要不是懒虫或者笨伯，考试前，临时抱一下佛脚，硬背一通，得个高分并不难。但是，像国文和英文这样的课程，必须有长期的积累和勤奋，还须有一定的天资，才能有所成就，得到高分。如果没有基础，临时无论怎样努力，也是无济于事的。我大概是在这方面有比较坚实的基础，非其他五个甲等第一名可比。他们的国文和英文也绝不会太差，否则就考不到第一名。但是，同我相比，恐怕要稍逊一筹。言念及此，心中未免有点沾沾自喜，觉得过去的自卑实在有点莫名其妙，甚至有点可笑了。

第二层意思是，这样的荣誉过去从未得到过，它是来之不易的。现在于无意中得之，就不能让它再丢掉，如果下一学期我考不到甲等第一，我这一张脸往哪里搁呀？！这是最原始最简单的虚荣心，然而就是这一点虚荣心，促使我在学习上改弦更张，要认真埋头读书了。就在不到一年前的正谊中学时期，虾和蛤蟆对我的引诱力远远超过书本。眼前的北园，荷塘纵横，并不缺少虾和蛤蟆，然而我却视而不见了。俗话说“浪子回头金不换”，我现在成了回头的浪子，勤奋用功的好学生了。

第三层意思是，我原来的想法是，中学毕业后，当上一个小职员，抢到一个饭碗，浑浑噩噩地，甚至窝窝囊囊地过上一辈子，算了。我只是一条小蛇，从来没有幻想过成为一条大龙。这一次表彰却改变了我的想法：自己即使不是一条大龙，也绝不是一条平庸的小蛇。最明显的例证是几年以后我到北平来报考大学的情况。当时北平的大学五花八门，鱼龙混杂，有的从几十个报考者中选一人，而有的则是来者不拒，因为多一个学生就多一份学费。从山东来的几十名学员中大都报考六七个大学，我则信心十足地只报考了北大和清华。这同小学毕业时不敢报考一中，形成了鲜明的对比。好像我变了一个人。

以上三层意思说明了我从自卑到自信，从不认真读书到勤奋学习，一个关键就是虚荣心。是虚荣心作祟呢？还是虚荣心作福？我认为是后者。虚荣心是不应当一概贬低的。王状元表彰学生可能完全是出于偶然性。他万万不会想到，一个被他称为“老弟”的十五岁的大孩子，竟由于这个偶然事件而改变为另一个人。我永远不会忘记王寿彭老先生。

北园高中可回忆的东西还有一些，但是最重要的印象、最深的印象上面都已经写到了。因此，我的回忆就写到这里为止。

我在北园白鹤庄的两年，我十五岁到十六岁，正是英国人称之为teens的年龄，也就是人生最美好的年龄。我的少年，因为不在母亲身边，并不能说是幸福。但是，我在白鹤庄，却只能说是幸福的。只是“白鹤庄”这个名字，就能引起人们许多美丽的幻影。古人诗“西塞山前白鹭飞”，多么美妙绝伦的情境。我不记得在白鹤庄曾见到白鹭；但是，从整个北园的景色来看，有白鹭飞来是必然会发生的。到了现在，我离开北园已经七十多年了，再没有回去过。可是我每每会想到北园，想到我的teens，每一次想到，心头总会油然漾起一股无比温馨无比幸福的感情，这感情将会伴我终生。

2002年2月24日写完

羡林按：以上一段文字是去年2月写的。到今天还不到一年的时间。前几天，李玉洁和杨锐整理我的破旧东西，突然发现了王状元的这副对联。打开一看，楮墨如新。写的是：

美林老弟雅察

才华舒展临风锦

意气昂藏出岫云

王寿彭

我们都大喜过望。一个六十岁老状元对一个十六岁的大孩子的赞誉使我忐忑不安，真仿佛有神灵呵护，才出现了这样一个奇迹。

2003年1月9日补记

目录

辑一　两个小孩子

世界上无论什么名誉，什么地位，什么幸福，什么尊荣，都比不上待在母亲身边。

辑二　园花寂寞红

每到下班或者开会回来，看到老友在侍弄花，我总要停下脚步，聊上几句，看一看花。

辑三　神奇的丝瓜

我站在丝瓜下面，陷入梦幻。而丝瓜则似乎心中有数，无言静观，它怡然泰然悠然坦然，仿佛含笑面对秋阳。

辑四　火车上观日出

太阳仿佛是率领着白云、朝霞、沧海、苍穹，仿佛率领着她那些如云的随从，追赶着火车，追赶着车上的我，过山、过水、过森林、过小村。

辑五　月是故乡明

见月思乡，已经成为我经常的经历。思乡之病，说不上是苦是乐，其中有追忆，有惆怅，有留恋，有惋惜。流光如逝，时不再来。在微苦中实有甜美在。

辑六　天下第一好事，还是读书

后一代的人必须读书，才能继承和发扬前人的智慧。人类之所以能够进步，永远不停地向前迈进，靠的就是能读书又能写书的本领。

辑一

两个小孩子

两个小孩子

我喜欢小孩；但我不说那一句美丽到俗不可耐程度的话：小孩子是祖国的花朵。我喜欢就是喜欢，我曾写过《三个小女孩》，现在又写《两个小孩子》。

两个小孩子都姓杨，是叔伯姐弟，姐姐叫秋菊，六岁；弟弟叫秋红，两岁。他们的祖母带着秋菊的父母，从河北某县的一个农村里，到北大来打工，当家庭助理，扫马路，清除垃圾。垃圾和马路都清除得一干二净，受到这一带居民的赞扬。

去年秋天的一天，我同我们的保姆小张出门散步，门口停着一辆清扫垃圾的车，一个小女孩在车架和车把上盘旋攀登，片刻不停。她那一双黑亮的吊角眼，透露着动人的灵气。我们都觉得这小孩异常可爱，便搭讪着同她说话。她毫不腼腆，边攀登，边同我们说话，有问必答。我们回家拿月饼给她吃，她的手接了过去，咬了一口，便不再吃，似乎不太合口味。旁边一个青年男子，用簸箕把树叶和垃圾装入拖车的木箱里，看样子就是小女孩的父亲了。

从此我们似乎就成了朋友。

我们天天出去散步，十有八次碰上这个小女孩，我们问她叫什么名，她说“叫秋菊”。有时候秋菊见我们走来，从老远处就飞跑过来，欢迎我们。她总爱围着小张绕圈子转，我们问她为什么，她只嘿嘿地笑，什么话也不说，仍然围着小张绕圈子不停，两只吊角眼明亮闪光，满脸顽皮的神气。

秋菊对她家里人的工作情况和所得的工资了如指掌。她说，爸爸在勺园值夜班，冬天烧锅炉，白天到朗润园来清掏垃圾，用板车运送，倒入垃圾桶中。奶奶服侍一个退休教师，做饭，洗衣服，打扫卫生。妈妈在一家当保姆，顺便扫扫马路。这些事大概都是大人闲聊时说出来的，她从旁边听到，记在心中。她同奶奶住在一间屋里，早餐吃方便面，还有包子什么的。奶奶照顾她显然很好，她那红润丰满的双颊就足以证明。秋菊是一个幸福的孩子。

我们出来散步，也有偶尔碰不到秋菊的时候，此时我们真有点惘然若有所失。有时候，我们走到她奶奶住房的窗外，喊着秋菊的名字。在我们不注意间，她像一只小鹿连蹦带跳地从屋里跑了出来，又围着小张绕开了圈子，两只吊角眼明亮闪光，满脸顽皮的神气。

有一天，我们问秋菊愿意吃什么东西。她说，她最喜欢吃带木棍的糖球。我们问：

“把你卖了行不行？”

“行！卖了我吃糖球。”

“把你爸爸卖了行不行？”

“行！卖了爸爸吃饼干。”

“把你妈卖了行不行？”

“行！卖了俺妈吃香蕉。”

“把你奶奶卖了行不行？”

我们正恭候她说卖了奶奶吃什么哩，她却说：

“奶奶没有人要！”

我们先是一惊，后来便放声大笑。秋菊也嘿嘿地笑个不停，她显然是了解这一句话的含义的。两只吊角大眼更明亮闪光，满脸顽皮的神气。

今年春天，一连几天没有能碰到秋菊。我感到事情有点蹊跷，问她奶奶，才知道，秋菊已经被送回原籍去上小学了。我同小张有什么办法呢？我们都颇有点黯然神伤的滋味。从今以后，再不会有一个活蹦乱跳的小女孩绕着小张转圈了。

过了不久，我同小张又在秋菊奶奶主人的门前碰到这一位老妇人。她主人的轮椅的轱辘撒了气，我们帮她把气儿打上。旁边站着一个极小的男孩，一问才知道他叫秋红，两岁半，是秋菊的堂弟。小孩长的不是吊角眼，而是平平常常的眼睛，可也是灵动明亮，黑眼球仿佛特别大而黑，全身透着一股灵气。小孩也一点不腼腆，我们同他说话，他高声说：“爷爷好！阿姨好！”原来是秋菊走了以后，奶奶把他接来做伴的。

从此我们又有了一个小伙伴。

但是，秋红毕竟太小了，不能像秋菊那样走很远的路。可是，不管他同什么小孩玩，一见到我们，从老远就高呼：“爷爷好！阿姨好！”铜铃般的童声带给我们极大的愉快。

有一天，我同小张散步倦了，坐在秋红奶奶屋旁的长椅子上休息。此时水波不兴，湖光潋滟，杨柳垂丝，绿荷滴翠，我们顾而乐之，仿佛羽化登仙，遗世独立了。冷不防，小秋红从后面跑了过来，想跟我们玩。我们逗他跳舞，他真的把小腿一蹬，小胳膊一举，蹦跳起来。在舞蹈家眼中，这可能是非常幼稚可笑的，可是那一种天真无邪的模样，世界上哪一个舞蹈家能够有呢？我们又逗他唱歌，他毫不推辞，张开小嘴，边舞蹈，边哼唧起来。最初我们听不清他唱的是什么，经过几次重复，我才听出来，他唱的竟是李白的“床前明月光，疑是地上霜。举头望明月，低头思故乡”。我不禁大为惊叹，一个仅仅两岁半的乡村儿童竟能歌唱唐代大诗人李白的名篇，这情况谁能想象得到呢？

又有一天，我同小张出去散步，坐在平常坐的椅子上，小秋红又找了我们来，我们又让他唱歌跳舞。他恭恭敬敬地站在我们面前，先鞠了一大躬，然后又唱又舞，有时候竟用脚尖着地，作芭蕾舞状。舞蹈完毕，高声说：“大家好！”仪式完毕。这一套仪式，我猜想，是他在家乡看歌舞演出时观察到的，那时他恐怕还不到两岁，至多两岁出头。又有一次，我们坐在椅子上，小秋红又跑过来了，嘴里喊着：“爷爷好！阿姨好！”小张教他背诵：

> 锄禾日当午，汗滴禾下土。
> 谁知盘中餐，粒粒皆辛苦。

小张只念了一遍，秋红就能够背诵出来。这真让我大大地吃了一惊。古人说“过目成诵”，眼前这个两岁半的孩子是“过耳成诵”。一个仅仅两岁半的乡村儿童能达到这个水平，谁能不吃惊呢？相传唐代大诗人白居易三岁识“之”“无”，千古传为美谈。如今这个仅仅两岁半的孩子在哪一方面比白居易逊色呢？

中国是世界上的诗词大国，篇章之多，质量之高，宇内实罕有其俦。我国一向有利用诗词陶冶性灵，提高人品的传统，用今天的话来说就是提高人文素质。然而，由于种种原因，近半个世纪以来，此道不畅久矣。最近国家领导人以及有识之士，大力提倡背诵诗词以提高审美能力，加强人文素质，达到让青年和国民能够完美全面地发展的目的，这会大大有利于祖国的建设事业。我原以为这是一件比较困难、需要长期努力的工作，我哪里会想到于无意间竟在一个才两岁半的农村小孩子身上看到了曙光，看到了光辉灿烂的未来，我不禁狂喜，真要手之舞之足之蹈之了。

秋红到了21世纪不过才到三岁，21世纪是他们的世纪。如果全国农村和城市的小孩子都能像秋红这样从小就享有提高人文素质教育的机会，我们祖国的前途真可以预卜了。我希望新闻界的朋友们能闻风而动，到秋红的农村里去采访一次。我相信，他们绝不会空手而归的。

现在，不像秋菊那样杳如黄鹤，秋红还在我的眼前。我每天半小时的散步就成了一天最幸福的时刻，特别是在碰到秋红的时候。

1999年7月27日

赋得永久的悔

题目是韩小蕙女士出的，所以名之曰“赋得”。但文章是我心甘情愿作的，所以不是八股。

我为什么心甘情愿作这样一篇文章呢？一言以蔽之，题目出得好，不但实获我心，而且先获我心：我早就想写这样一篇东西了。

我已经到了望九之年。在过去的七八十年中，从乡下到城里；从国内到国外，从小学、中学、大学到洋研究院，从“志于学”到超过“从心所欲不逾距”，曲曲折折，坎坎坷坷。既走过阳关大道，也走过独木小桥；既经过“山重水复疑无路”，又看到“柳暗花明又一村”。喜悦与忧伤并驾，失望与希望齐飞，我的经历可谓多矣。要讲后悔之事，那是俯拾皆是。要选其中最深切、最真实、最难忘的悔，也就是永久的悔，那也是唾手可得，因为它片刻也没有离开过我的心。

我这永久的悔就是：不该离开故乡，离开母亲。

我出生在鲁西北一个极端贫困的村庄里。我们家是贫中之贫，真可以说是贫无立锥之地。十年浩劫中，我自己跳出来反对北大那一位倒行逆施但又炙手可热的“老佛爷”，被她视为眼中钉，必欲除之而后快。她手下的小喽啰们曾两次窜到我的故乡，处心积虑把我“打”成地主，他们那种狗仗人势穷凶极恶的教师爷架子，并没有能吓倒我的乡亲。我小时候的一位伙伴指着他们的鼻子，大声说：“如果让整个官庄来诉苦的话，季羡林家是第一家！”

这一句话并没有夸大，他说的是实情。我祖父母早亡，留下了我父亲等三个兄弟，孤苦伶仃，无依无靠。最小的一叔[①]送了人。我父亲和九叔饿得没有办法，只好到别人家的枣林里去捡落到地上的干枣充饥。这当然不是长久之计。最后兄弟俩被逼背乡离井，盲流到济南去谋生。此时他俩也不过十几二十岁。在举目无亲的大城市里，必然是经过千辛万苦，九叔在济南落住了脚。于是我父亲就回到了故乡，说是农民，但又无田可耕。又必然是经过千辛万苦，九叔从济南有时寄点钱回家，父亲赖以生活。不知怎么一来，竟然寻（读若xín）上了媳妇，她就是我的母亲。母亲的娘家姓赵，门当户对，她家穷得同我们家差不多，否则也绝不会结亲。她家里饭都吃不上，哪里有钱、有闲上学。所以我母亲一个字也不识，活了一辈子，连个名字都没有。她家是在另一个庄上，离我们庄五里路。这个五里路就是我母亲毕生所走的最长的距离。

北京大学那一位“老佛爷”要“打”成“地主”的人，也就是我，就出生在这样一个家庭里，就有这样一位母亲。

后来我听说，我们家确实也“阔”过一阵。大概在清末民初，九叔在东三省用口袋里剩下的最后五角钱，买了十分之一的湖北水灾奖券，中了奖。兄弟俩商量，要“富贵而归故乡”，回家扬一下

---

① 一叔：这位叔父在家族同辈中排行十一，孩子们习惯称他为“一叔”。

眉，吐一下气。于是把钱运回家，九叔仍然留在城里，乡里的事由父亲一手张罗，他用荒唐离奇的价钱，买了砖瓦，盖了房子。又用荒唐离奇的价钱，置了一块带一口水井的田地。一时兴会淋漓，真正扬眉吐气了。可惜好景不长，我父亲又用荒唐离奇的方式，仿佛宋江一样，豁达大度，招待四方朋友。一转瞬间，盖成的瓦房又拆了卖砖、卖瓦。有水井的田地也改变了主人。全家又回归到原来的情况。我就是在这个时候，在这样的情况下降生到人间来的。

母亲当然亲身经历了这个巨大的变化。可惜，当我同母亲住在一起的时候，我只有几岁，告诉我，我也不懂。所以，我们家这一次陡然上升，又陡然下降，只像是昙花一现，我到现在也不完全明白。这个谜恐怕要成为永恒的谜了。

不管怎样，我们家又恢复到从前那种穷困的情况。后来听人说，我们家那时只有半亩多地。这半亩多地是怎么来的，我也不清楚。一家三口人就靠这半亩多地生活。城里的九叔当然还会给点接济，然而像中湖北水灾奖那样的事儿，一辈子有一次也不算少了。九叔没有多少钱接济他的哥哥了。

家里日子是怎样过的，我年龄太小，说不清楚。反正吃得极坏，这个我是懂得的。按照当时的标准，吃“白的”（指麦子面）最高，其次是吃小米面或棒子面饼子，最次是吃红高粱饼子，颜色是红的，像猪肝一样。“白的”与我们家无缘，“黄的”（小米面或棒子面饼子颜色都是黄的）与我们缘分也不大，终日为伍者只有“红的”。这“红的”又苦又涩，真是难以下咽。但不吃又害饿，我真有点谈“红”色变了。

但是，小孩子也有小孩子的办法。我祖父的堂兄是一个举人，他的夫人我喊她奶奶。他们这一支是有钱有地的。虽然举人死了，但家境依然很好。我这一位大奶奶仍然健在。她的亲孙子早亡，所以把全部的钟爱都倾注到我身上来。她是整个官庄能够吃“白的”的仅有的几个人中之一。她不但自己吃，而且每天都给我留出半个或者四分之一个白面馍馍来。我每天早晨一睁眼，立即跳下炕来向村里跑，我们家住在村外。我跑到大奶奶跟前，清脆甜美地喊上一声：“奶奶！”她立即笑得合不上嘴，把手缩回到肥大的袖子，从口袋里掏出一小块馍馍，递给我，这是我一天最幸福的时刻。

此外，我也偶尔能够吃一点“白的”，这是我自己用劳动换来的。一到夏天麦收季节，我们家根本没有什么麦子可收。对门住的宁家大婶子和大姑——她们家也穷得够呛——就带我到本村或外村富人的地里去“拾麦子”。所谓“拾麦子”就是别家的长工割过麦子，总还会剩下那么一点点麦穗，这些都是不值得一捡的，我们这些穷人就来“拾”。因为剩下的绝不会多，我们拾上半天，也不过拾半篮子，然而对我们来说，这已经是如获至宝了。一定是大婶和大姑对我特别照顾，以一个四五岁、五六岁的孩子，拾上一个夏天，也能拾上十斤八斤麦粒。这些都是母亲亲手搓出来的。为了对我加以奖励，麦季过后，母亲便把麦子磨成面，蒸成馍馍，或贴成白面饼子，让我解馋。我于是就大快朵颐了。

记得有一年，我拾麦子的成绩也许是有点“超常”。到了中秋节——农民嘴里叫“八月十五”——母亲不知从哪里弄了点月饼，给我掰了一块，我就蹲在一块石头旁边，大吃起来。在当时，对我来说，月饼可真是神奇的东西，龙肝凤髓也难以比得上的，我难得吃上一次。我当时并没有注意，母亲是否也在吃。现在回想起来，她根本一口也没有吃。不但是月饼，连其他“白的”，母亲从来都没有尝过，都留给我吃了。她大概是毕生就与红色的高粱饼子为伍。到了俭年，连这个也吃不上，那就只有吃野菜了。

至于肉类，吃的回忆似乎是一片空白。我姥娘家隔壁是一家卖煮牛肉的作坊。给农民劳苦耕耘了一辈子的老黄牛，到了老年，耕不动了，几个农民便以极其低的价钱买来，用极其野蛮的办法杀死，把肉煮烂，然后卖掉。老牛肉难煮，实在没有办法，农民就在肉锅里小便一通，这样肉就好烂了。农民心肠好，有了这种情况，就昭告四邻：“今天的肉你们别买！”姥娘家穷，虽然极其疼爱我这个外孙，也只能用土罐子，花几个制钱，装一罐子牛肉汤，聊胜于无。记得有一次，罐子里多了一块牛肚子，这就成了我的专利。我舍不得一气吃掉，就用生了锈的小铁刀，一块一块地割着吃，慢慢地吃。这一块牛肚真可以同月饼媲美了。

“白的”、月饼和牛肚难得，“黄的”怎样呢？“黄的”也同样难得。但是，尽管我只有几岁，我却也想出了办法。到了春、夏、秋三个季节，庄外的草和庄稼都长起来了。我就到庄外去割草，或者到人家高粱地里去劈高粱叶。劈高粱叶，田主不但不禁止，而且还欢迎；因为叶子一劈，通风情况就能改进，高粱长得就能更好，粮食打得就能更多。草和高粱叶都是喂牛用的。我们家穷，从来没有养过牛。我二大爷家是有地的，经常养着两头大牛。我这草和高粱叶就是给它们准备的。每当我这个不到三块豆腐干高的孩子背着一大捆草或高粱叶走进二大爷的大门，我心里有所恃而不恐，把草放在牛圈里，赖着不走，总能蹭上一顿“黄的”吃，不会被二大娘“捲”（我们那里的土话，意思是“骂”）出来。到了过年的时候，自己心里觉得，在过去的一年里，自己喂牛立了功，又有了勇气到二大爷家里赖着吃黄面糕。黄面糕是用黄米面加上枣蒸成的。颜色虽黄，却位列“白的”之上，因为一年只在过年时吃一次，“物以稀为贵”，于是黄面糕就贵了起来。

我上面讲的全是吃的东西。为什么一讲到母亲就讲起吃的东西来了呢？原因并不复杂：第一，我作为一个孩子容易关心吃的东西；第二，所有我在上面提到的好吃的东西，几乎都与母亲无缘。除了“红的”以外，其余她都不沾边儿。我在她身边只待到六岁，以后两次奔丧回家，待的时间也很短。现在我回忆起来，连母亲的面影都是迷离模糊的，没有一个清晰的轮廓。特别有一点，让我难解而又易解：我无论如何也回忆不起母亲的笑容来，她好像是一辈子都没有笑过。家境贫困，儿子远离，她受尽了苦难，笑容从何而来呢？有一次我回家听对面的宁大婶子告诉我说：“你娘经常说，‘早知道送出去回不来，我无论如何也不会放他走的！’”简短的一句话里面含着多少辛酸、多少悲伤啊！母亲不知有多少日日夜夜，眼望远方，盼望自己的儿子回来啊！然而这个儿子却始终没有归去，一直到母亲离开这个世界。

对于这个情况，我最初懵懵懂懂，理解得并不深刻。到了上高中的时候，自己大了几岁，逐渐理解了。但是自己寄人篱下，经济不能独立，空有雄心壮志，怎奈无法实现，我暗暗地下定了决心，立下了誓愿：一旦大学毕业，自己找到工作，立即迎养母亲。然而没有等到我大学毕业，母亲就离开我走了，永远永远地走了。古人说："树欲静而风不止，子欲养而亲不待"，这话正应到我身上。我不忍想像母亲临终时思念爱子的情况，一想到，我就会心肝俱裂，眼泪盈眶。当我从北平赶回济南，又从济南赶回清平奔丧的时候，看到了母亲的棺材，看到那简陋的屋子，我真想一头撞死在棺材上，随母亲于地下。我后悔，我真后悔，我千不该万不该离开了母亲。世界上无论什么名誉，什么地位，什么幸福，什么尊荣，都比不上待在母亲身边，即使她一个字也不识，即使整天吃"红的"。

这就是我的"永久的悔"。

1994年3月5日

在清华大学念书的时候

我少无大志，从来没有想到做什么学者。中国古代许多英雄，根据正史的记载，都颇有一些豪言壮语，什么“大丈夫当如是也！”什么“彼可取而代也！”又是什么“燕雀焉知鸿鹄之志哉？”真正掷地作金石声，令我十分敬佩，可我自己不是那种人。

在我读中学的时候，像我这种从刚能吃饱饭的家庭出身的人，唯一的目的和希望就是——用当时流行的口头语来说——能抢到一只“饭碗”。当时社会上只有三个地方能生产“铁饭碗”：一个是邮政局，一个是铁路局，一个是盐务稽核所。这三处地方都掌握在不同国家的帝国主义分子手中。在那半殖民地社会里，“老外”是上帝。不管社会多么动荡不安，不管“城头”多么“变幻大王旗”，“老外”是谁也不敢碰的。他们生产的“饭碗”是“铁”的，砸不破，摔不碎。只要一碗在手，好好干活，不违“洋”命，则终生会有饭吃，无忧无虑，成为羲皇上人。

我的家庭也希望我在高中毕业后能抢到这样一只“铁饭碗”。我不敢有违严命，高中毕业后曾报考邮政局。若考取后，可以当一名邮务生。如果勤勤恳恳，不出娄子，干上十年二十年，也可能熬到一个邮务佐，算是邮局里的一个芝麻绿豆大的小官了；就这样混上一辈子，平平安安，无风无浪。幸乎？不幸乎？我没有考上。大概面试的“老外”看我不像那样一块料，于是我名落孙山了。在这样的情况下，我才报考了大学。北大和清华都录取了我。我同当时众多的青年一样，也想出国去学习，目的只在“镀金”，并不是想当什么学者。“镀金”之后，容易抢到一只饭碗，如此而已。在出国方面，我以为清华条件优于北大，所以舍后者而取前者。后来证明，我这一宝算是押中了。这是后事，暂且不提。

清华是当时两大名牌大学之一，前身叫留美预备学堂，是专门培养青年到美国去学习的。留美若干年镀过了金以后，回国后多为大学教授，有的还做了大官。在这些人里面究竟出了多少真正的学者，没有人做过统计，我不敢瞎说。同时并存的清华国学研究院，是一所很奇特的机构，仿佛是西装革履中一袭长袍马褂，非常不协调。然而在这个不起眼的机构里却有名闻宇内的四大导师：梁启超、王国维、陈寅恪、赵元任。另外有一名年轻的讲师李济，后来也成了大师，担任了台湾“中央研究院”的院长。这个国学研究院，与其说它是一所现代化的学堂，毋宁说它是一所旧日的书院。一切现代化学校必不可少的烦琐的规章制度，在这里似乎都没有。师生直接联系，师了解生，生了解师，真正做到了循循善诱，因材施教。虽然只办了几年，梁、王两位大师一去世，立即解体，然而所创造的业绩却是非同小可。我不确切知道究竟毕业了多少人，估计只有几十个人，但几乎全都成了教授，其中有若干位还成了学术界的著名人物。听史学界的朋友说，中国20世纪30年代后形成了一个学术派别，名叫“吾师派”，大概是由某些人写文章常说的“吾师梁任公”“吾师王静安”“吾师陈寅恪”等衍变而来的。从这一件小事也可以看到清华国学研究院在学术界影响之大。

吾生也晚，没有能亲逢国学研究院的全盛时期。我于1930年入清华时，留美预备学堂和国学研究院都已不再存在，清华改成了国立清华大学。清华有一个特点：新生投考时用不着填上报考的系名，录取后，再由学生自己决定入哪一个系；读上一阵，觉得不恰当，还可以转系。转系在其他一些大学中极为困难——比如说现在的北京大学，但在当时的清华，却真易如反掌。可是根据我的经验：世上万事万物都具有双重性。没有入系的选择自由，很不舒服；现在有了入系的选择自由，反而更不舒服。为了这个问题，我还真伤了点脑筋。系科盈目，左右掂量，好像都有点吸引力，究竟选择哪一个系呢？我一时好像变成了莎翁剧中的Hamlet碰到了To be or not to be — That is the question。我是从文科高中毕业的，按理说，文科的系对自己更适宜。然而我却忽然一度异想天开，想入数学系，真是“可笑不自量”。经过长时间的考虑，我决定入西洋文学系（后改名外国语文系）。这一件事也证明我“少无大志”，我并没有明确的志向，想当哪一门学科的专家。

当时的清华大学的西洋文学系，在全国各大学中是响当当的名牌。原因据说是由于外国教授多，讲课当然都用英文，连中国教授讲课有时也用英文。用英文讲课，这可真不得了呀！只是这一条就能够振聋发聩，于是就名满天下了。我当时未始不在被振发之列，又同我那虚无缥缈的出国梦联系起来，我就当机立断，选了西洋文学系。

从1930年到现在，六十七个年头已经过去了。所有的当年的老师都已经去世了。最后去世的一位是后来转到北大来的美国的温德先生，去世时已经活过了一百岁。我现在想根据我在清华学习四年的印象，对西洋文学系做一点评价，谈一谈我个人的一点看法。我想先从古希腊找一张护身符贴到自己身上："吾爱吾师，吾尤爱真理。"有了这一张护身符，我就可以心安理得，能够畅所欲言了。

我想简略地实事求是地对西洋文学系的教授阵容作一点分析。我说"实事求是"，至少我认为是实事求是，难免有不同的意见，这就是平常所谓的"仁者见仁，智者见智"了。我先从系主任王文显教授谈起。他的英文极好，能用英文写剧本，没怎么听他说过中国话。他是莎士比亚研究的专家，有一本用英文写成的有关莎翁研究的讲义，似乎从来没有出版过。他隔年开一次莎士比亚的课，在堂上念讲义，一句闲话也没有。下课铃一摇，合上讲义走人。多少年来，都是如此。讲义是否随时修改，不得而知。据老学生说，讲义基本上不做改动。他究竟有多大学问，我不敢瞎说。他留给学生最深的印象是他充当冰球裁判时那种脚踏溜冰鞋似乎极不熟练的战战兢兢如履薄冰的神态。

现在我来介绍温德教授。他是美国人，怎样到清华来的，我不清楚。他教欧洲文艺复兴文学和第三年法语。他终身未娶，死在中国。据说他读的书很多，但没见他写过任何学术文章。学生中流传着有关他的许多逸闻趣事。他说，在世界上所有的宗教中，他最喜爱的是伊斯兰教，因为伊斯兰教的“天堂”很符合他的口味。学生中流传的逸闻之一就是：他身上穿着五百块大洋买来的大衣（当时东交民巷外国裁缝店的玻璃橱窗中摆出一块呢料，大书“仅此一块”。被某一位冤大头买走后，第二天又摆出同样一块，仍然大书“仅此一块”。价钱比平常同样的呢料要贵上五至十倍），腋下夹着十块钱一册的《万人丛书》（*Everyman's Library*）（某一国的老外名叫Vetch，在北京饭店租了一间铺面，专售西书。他把原有的标价剪掉，然后抬高四五倍的价钱卖掉），眼睛上戴着用八十块大洋配好但把镜片装反了的眼镜，徜徉在水木清华的林荫大道上，昂首阔步，醉眼蒙眬。

现在介绍翟孟生教授。他也是美国人，教西洋文学史。听说他原是清华留美预备学堂的理化教员。后来学堂撤销，改为大学，他就留在西洋文学系。他大概是颇为勤奋，确有著作，而且是厚厚的大大的巨册，在商务印书馆出版，书名叫*A Survey of European Literature*。读了可以对欧洲文学得到一个完整的概念。但是，书中错误颇多，特别是在叙述某一部名作的故事内容中，时有张冠李戴之处。学生们推测，翟老师在写作此书时，手头有一部现成的欧洲文学史，又有一本*Story Book*，讲一段文学发展的历史事实；遇到名著，则查一查*Story Book*，没有时间也没有可能尽读原作，因此名著内容印象不深，稍一疏忽，便出讹误。不是行家出身，这种情况实在是难以避免的。我们不应苛责翟孟生老师。

现在介绍吴可读教授。他是英国人，讲授中世纪文学。他既无著作，也不写讲义。上课时他顺口讲，我们顺手记。究竟学到了些什么东西，我早已忘到九霄云外去了。他还讲授当代长篇小说一课。他共选了五部书，其中包括当时才出版不太久但已赫赫有名的《尤利西斯》和《追忆逝水年华》。此外还有托马斯·哈代的《还乡》，吴尔芙和劳伦斯各一部。第一第二部谁也不敢说完全看懂。我只觉迷离模糊，不知所云。根据现在的研究水平来看，我们的吴老师恐怕也未必能够全部透彻地了解。

现在介绍毕莲教授。她是美国人。我也不清楚她是怎样到清华来的。听说她在美国教过中小学。她在清华讲授中世纪英语，也是一无著作，二无讲义。她的拿手好戏是能背诵英国大诗人Chaucer的*Canterbury Tales*开头的几段。听老同学说，每逢新生上她的课，她就背诵那几段，背得滚瓜烂熟，先给学生一个下马威。以后呢？以后就再也没有什么新花样了。年轻的学生们喜欢品头论足，说些开玩笑的话。我们说：程咬金还能舞上三板斧，我们的毕老师却只能砍上一板斧。

下面介绍两位德国教授。第一位是石坦安，讲授第三年德语。不知道他的专长何在，只是教书非常认真，颇得学生的喜爱。此外我对他便一无所知了。第二位是艾克，字锷风。他算是我的业师，他教我第四年德文，并指导我的学士论文。他在德国拿到过博士学位，主修的好像是艺术史。他精通希腊文和拉丁文，偏爱德国古典派的诗歌，对于其名最初隐而不彰后来却又大彰的诗人荷尔德林（Hölderlin）情有独钟，经常提到他。艾克先生教书并不认真，也不愿费力。有一次我们几个学生请他用德文讲授，不用英文。他便用最快的速度讲了一通，最后问我们："Verstehen

Sie etwas davon?”（你们听懂了什么吗？）我们瞠目结舌，敬谨答曰：“No!”从此天下太平，再也没有人敢提用德文讲授的事。他学问是有的，曾著有一部厚厚的《宝塔》，是用英文写的，利用了很丰富的资料和图片，专门讲中国的塔。这一部书在国外汉学界颇有一些名气。他的另外一部专著是研究中国明代家具的，附了很多图表，篇幅也相当多。由此可见他的研究兴趣之所在。他工资极高，孤身一人，租赁了当时辅仁大学附近的一座王府，他就住在银安殿上，雇了几个听差和厨师。他收藏了很多中国古代名贵字画，坐拥画城，享受王者之乐。1946年，我回到北京时，他仍在清华任教。此时他已成了家，夫人是一位中国女画家，年龄比他小一半，年轻貌美。他们夫妇请我吃过烤肉。北京一解放，他们就流落到夏威夷。艾锷风老师久已谢世，他的夫人还健在。

我在上面提到过，我的学士论文是在艾锷风老师指导下写成的，是用英文写的，题目是“The Early Poems of F. Hölderlin”。英文原稿已经遗失，只保留下来了一份中文译文。一看这题目，就能知道是受到了艾先生的影响。现在回忆起来，我当时的德文水平不可能真正看懂荷尔德林的并不容易懂的诗句。当然，要说一点都不懂，那也不是事实。反正是半懂半不懂，囫囵吞枣，参考了几部《德国文学史》，写成了这一篇论文，分数是E（Excellent，优）。我年轻时并不缺少幻想力，这是一篇幻想力加学术探讨写成的论文。如果这就算学术研究的话，说它是“发轫”，也未尝不可。但是，这个“轫”“发”得并不辉煌，里面并没有什么“天才的火花”。

现在再介绍西洋文学系的老师，先介绍吴宓（字雨僧）教授。他是美国留学生，是美国人文主义大师白璧德的弟子，在国内不遗余力地宣传自己老师的学说。他反对白话文，更反对白话文学。他联合了一些志同道合者，创办了《学衡》杂志，文章一律是文言。他自己也用文言写诗，后来出版了《吴宓诗集》。在文坛上，公超先生大概属于新月派一系。他曾主编过——或者帮助编过——一个纯文学杂志《学文》。我曾写过一篇散文《年》，送给了他。他给予这篇文章极高的评价，说我写的不是小思想、小感情，而是“人类普遍的意识”。他立即将文章送《学文》发表。这实出我望外，欣然自喜，颇有受宠若惊之感。为了表示自己的感激之情，兼怀有巴结之意，我写了一篇《我是怎样写起文章来的？》送呈先生。然而，这次却大出我意料，狠狠地碰了一个钉子。他把我叫了去，铁青着脸，把原稿掷给了我，大声说道：“我一个字都没有看！”我一时目瞪口呆，赶快拿着文章开路大吉。个中原因我至今不解。难道这样的文章只有成了名的作家才配得上去写吗？此文原稿已经佚失，我自己是自我感觉极为良好的。平心而论，我在清华四年，只写过几篇散文——《年》《黄昏》《寂寞》《枸杞树》，一直到今天，还是一片赞美声。清夜扪心，这样的文章我今天无论如何也写不出来了。我一生从不敢以作家自居，而只以学术研究者自命。然而具有讽刺意味的是：如果说我的学术研究起点很低的话，我的散文创作的起点应该说是不低的。

公超先生虽然一篇文章也不写，但是，他并非懒于动脑筋的人。有一次，他告诉我们几个同学，他正考虑一个问题：在中国古代诗歌中人的感觉——或者只是诗人的感觉的转换问题。他举了一句唐诗："静听松风寒。"最初只是用耳朵听，然而后来却变成了躯体的感受"寒"。虽然后来没见有文章写出，却表示他在考虑一些文艺理论的问题。当时教授与学生之间有明显的鸿沟：教授工资高，社会地位高，存在决定意识，由此就形成了"教授架子"这一个词儿。我们学生只是一群有待于到社会上去抢一只饭碗的碌碌青年。我们同教授们不大来往，路上见了面，也是望望然而去之，不敢用代替西方"早安""晚安"一类的致敬词儿的"国礼"——"你吃饭了吗？""你到哪里去呀？"去向教授们表示敬意。公超先生后来当了大官：台湾的"外交部长"。关于这一件事，我同我的一位师弟——一位著名的诗人有不同的看法。我曾在香港《大公报·文学副刊》上发表过的一篇文章中提到此事。此文上面已提到。

现在再介绍一位不能算是主要教授的外国女教授，她是德国人华兰德小姐，讲授法语。她满头银发，闪闪发光，恐怕已经有了一把子年纪，终身未婚。中国人习惯称之为"老姑娘"。也许正因为她是"老姑娘"，所以脾气有点变态。用医生的话说，可能就是迫害狂。她教一年级法语，像是教初小一年级的学生。后来我领略到的那种德国外语教学方法，她一点都没有。极简单的句子，翻来覆去地教，令人从内心深处厌恶。她脾气却极坏，又极怪，每堂课都在骂人。如果学生的卷子答得极其正确，让她无辫子可抓，她就越发生气，气得简直浑身发抖，面红耳赤，开口骂人，语无伦次。结果是把百分之八十的学生全骂走了，只剩下我们五六个不怕骂的学生。我们商量“教训”她一下。有一天，在课堂上，我们一齐站起来，对她狠狠地顶撞了一番。大出我们所料，她屈服了。从此以后，天下太平，再也没有看到她撒野骂人了。她住在当时燕京大学南面军机处的一座大院子里，同一个美国“老姑娘”相依为命。二人合伙吃饭，轮流每人管一个月的伙食。在这一个月中，不管伙食的那一位就百般挑剔，恶毒咒骂。到了下个月，人变换了位置，骂者与被骂者也颠倒了过来。总之是每月每天必吵。然而二人却谁也离不开谁，好像吵架已经成了生活的必不可缺的内容。

我在上面介绍了清华西洋文学系的大概情况，绝没有一句谎言。中国古话：为尊者讳，为贤者讳。这道理我不是不懂，但是为了真理，我不能用撒谎来讳，我只能据实直说。我也绝不是说，西洋文学系一无是处。这个系能出像钱钟书和万家宝（曹禺）这样大师级的人物，必然有它的道理。我在这里无法详细推究了。

专就我个人而论，专从学术研究发轫这个角度上来看，我认为，我在清华四年，有两门课对我影响最大：一门是旁听而又因时间冲突没能听全的历史系陈寅恪先生的“佛经翻译文学”，一门是中文系朱光潜先生的“文艺心理学”，是一门选修课。这两门不属于西洋文学系的课程，我可万没有想到会对我终生产生了深刻而悠久的影响，绝非本系的任何课程所能相比于万一。陈先生上课时让每个学生都买一本《六祖坛经》。我曾到今天的美术馆后面的某一座大寺庙里去购买此书。先生上课时，任何废话都不说，先在黑板上抄写资料，把黑板抄得满满的，然后再根据所抄的资料进行讲解分析；对一般人都不注意的地方提出崭新的见解，令人顿生石破天惊之感，仿佛酷暑饮冰，凉意遍体，茅塞顿开。听他讲课，简直是最高最纯的享受。这同他写文章的做法如出一辙。当时我对他的学术论文已经读了一些，比如《四声三问》等。每每还同几个同学到原物理楼南边王静安先生纪念碑前，共同阅读寅恪先生撰写的碑文，觉得文体与流俗不同，我们戏说这是“同光体”。有时在路上碰到先生腋下夹着一个黄布书包，走到什么地方去上课，步履稳重，目不斜视，学生们都投以极其尊重的目光。

朱孟实（光潜）先生是北大的教授，在清华兼课。当时他才从欧洲学成归来。他讲“文艺心理学”，其实也就是美学。他的著作《文艺心理学》还没有出版，也没有讲义，他只是口讲，我们笔记。孟实先生的口才并不好，他不属于能言善辩一流，而且还似乎有点怕学生，讲课时眼睛总是往上翻，看着天花板上的某一个地方，不敢瞪着眼睛看学生。可他一句废话也不说，慢条斯理，操着安徽乡音很重的蓝青官话，讲着并不太容易理解的深奥玄虚的美学道理，句句仿佛都能钻入学生心中。他显然同鲁迅先生所说的那一类，在外国把老子或庄子写成论文让洋人吓了一跳，回国后却偏又讲康德、黑格尔的教授，完全不可相提并论。他深通西方哲学和当时在西方流行的美学流派，而对中国旧的诗词又极娴熟。所以在课堂上引东证西或引西证东，触类旁通，头头是道，毫无扞格牵强之处。我觉得，这才是真正的比较文学，比较诗学。这样的本领，在当时是凤毛麟角，到了今天，也不多见。他讲的许多理论，我终身难忘，比如Lipps的“感情移入说”，到现在我还认为是真理，不能更动。

陈、朱二师的这两门课，使我终生受用不尽。虽然我当时还没有敢梦想当什么学者，然而这两门课的内容和精神却已在潜移默化中融入了我的内心深处。如果说我的所谓“学术研究”真有一个待“发”的“轫”的话，那个“轫”就隐藏在这两门课里面。

我的女房东

我已经多次谈到我的女房东欧朴尔太太。

我在这里还要再集中来谈。

我不能不谈她。

我们共同生活了整整十年，共过安乐，也共过患难。在这漫长的时间内，她为我操了不知多少心，她确实像我自己的母亲一样。回忆起她来，就像回忆一个甜美的梦。

她是一个平平常常的德国妇女。我初到的时候，她大概已有五十岁了，比我大二十五六岁。她没有多少惹人注意的特点，相貌平平常常，衣着平平常常，谈吐平平常常，爱好平平常常，总之是一个非常平常的人。

然而，同她相处的时间越久，便越觉得她在平常中有不平常的地方：她老实，她诚恳，她善良，她和蔼，她不会吹嘘，她不会撒谎。她也有一些小小的偏见与固执，但这些也都是平平常常的，没有什么越轨的地方；这只能增加她的人情味，而绝不会相反。同她相处，不必费心机、设提防，一切都自自然然，使人如处和暖的春风中。

她的生活是十分单调的、平凡的。她的天地实际上就只有她的家庭。中国有一句话说：妇女围着锅台转。德国没有什么锅台，只有煤气灶或电气灶。我的女房东也就是围着这样的灶转。每天一起床，先做早点，给她丈夫一份，给我一份。然后就是无尽无休地擦地板，擦楼道，擦大门外面马路旁边的人行道。地板和楼道天天打蜡，打磨得油光锃亮。楼门外的人行道，不光是扫，而且是用肥皂水洗。人坐在地上，绝不会沾上半点尘土。德国人爱清洁，闻名全球。德文里面有一个词儿Putzteufel，指打扫房间的洁癖，或有这样洁癖的女人。Teufel的意思是“魔鬼”，Putz的意思是“打扫”。别的语言中好像没有完全相当的字。我看，我的女房东，同许多德国妇女一样，就是一个不折不扣的“清扫魔鬼”。

我在生活方面所有的需要，她一手包下来了。德国人生活习惯同中国人不同。早晨起床后，吃早点，然后去上班；十一点左右，吃自己带去的一片黄油夹香肠或奶酪的面包；下午一点左右吃午饭。这是一天的主餐，吃的都是热汤热菜，主食是土豆。下午四点左右，喝一次茶，吃点饼干之类的东西。晚上七时左右吃晚饭，泡一壶茶或者咖啡，吃凉面包、香肠、火腿、干奶酪，等等。我是一个年轻的穷学生，一无时间，二无钱来摆这个谱儿。我还是中国老习惯，一日三餐。早点在家里吃，一壶茶，两片面包。午饭在外面馆子里或学生食堂里吃，都是热东西。晚上回家，女房东把他们中午吃的热餐给我留下一份。因此，我的晚餐也都是热汤热菜，同德国人不一样，这基本上是中国办法。这都是女房东在了解了中国人的吃饭习惯之后精心安排的。我每天在研究所里工作了一整天之后，回到家来，能够吃上一顿热乎乎的晚饭，心里当然是美滋滋的。对女房东这番情意，我是由衷地感激的。

晚饭以后，我就在家里工作。到了晚上十点左右，女房东进屋来，把我的被子铺好，把被罩拿下来，放到沙发上。这工作其实是非常简单的，我自己尽可以做。但是，女房东却非做不可，当年她儿子住这一间屋子时，她就是天天这样做的。铺好床以后，她就站在那里，同我闲聊。她把一天的经历，原原本本，详详细细，都向我“汇报”。她见了什么人，买了什么东西，碰到了什么事情，到过什么地方，一一细说，有时还绘声绘形，说得眉飞色舞。我无话可答，只能洗耳恭听。她的一些婆婆妈妈的事情，我并不感兴趣。但是，我初到德国时，听说德语的能力都不强。每天晚上上半小时的“听力课”，对我大有帮助。我的女房东实际上成了我的不收费的义务教员。这一点我从来没有对她说，她也永远不会懂的。“汇报”完了以后，照例说一句：“夜安！祝你愉快地安眠！”我也说同样的话，然后她退出，回到自己的房间里。我把皮鞋放在门外，明天早晨，她把鞋擦亮。我这一天的活动就算结束了，上床睡觉。

其余许多杂活，比如说洗衣服、洗床单、准备洗澡水，等等，无不由女房东去干。德国被子是鸭绒的，鸭绒没有被固定起来，在被套里面享有绝对的自由活动的权利。我初到德国时，很不习惯，睡下以后，在梦中翻两次身，鸭绒就都活动到被套的一边去，这边绒毛堆积如山，而另一边则只剩下两层薄布，当然就不能御寒，我往往被冻醒。我向女房东一讲，她笑得眼睛里直流泪。她于是细心教我使用鸭绒被的方法。我就像一个小孩子一样，在她的照顾下愉快地生活。

她的家庭看来是非常和睦的，丈夫忠厚老实，一个独生子不在家，老夫妇俩对儿子爱如掌上明珠。我记得，有一段时间，老头月月购买哥廷根的面包和香肠，打起包裹，送到邮局，寄给在达姆施塔特（Darmstadt）高工念书的儿子。老头腿有点毛病，走路一瘸一拐，很不灵便；虽然拿着手杖，仍然非常吃力。可他不辞辛劳，月月如此。后来老夫妇俩出去度假，顺便去看儿子。到儿子的住处大学生宿舍里去，一瞥间，他们看到老头千辛万苦寄来的面包和香肠，却发了霉，干瘪瘪地躺在桌子下面。老头怎样想，不得而知。老太太回家后，在晚上向我“汇报”时，絮絮叨叨地讲到这件事，说她大为吃惊。但是，奇怪的是，老头还是照样拖着两条沉重的腿，把面包和香肠寄走。我不禁想到，“可怜天下父母心”，古今中外之所同。然而儿女对待父母的态度，东西方却大不相同了。章太太的男房东可以为证。我并不提倡愚忠愚孝。但是，即使把父母与子女之间的关系，化为一般人与人之间的关系，像房东儿子的做法不也是有点过分了吗？

女房东心里也是有不平的。

儿子结了婚，住在外城，生了一个小孙女。有一次，全家回家来探望父母。儿媳长得非常漂亮，衣着也十分摩登。但是，女房东对她好像并不热情，对小孙女也并不宠爱。儿媳是年轻人，对好多事情有点马大哈，从中也可以看出德国两代人之间的“代沟”。有一天，儿媳使用手纸过多，把马桶给堵塞了。老太太非常不满意，拉着我到卫生间指给我看，脸上露出了许多怪相，有愤怒，有轻蔑，有不满，有憎怨。此事她当然不能对儿子讲，连丈夫大概也没有敢讲，茫茫宇宙间她只有对我一个人诉说不平了。

女房东也是有偏见的。

关于戴帽子的偏见，我在上面已经谈过了，这里不再重复。她的偏见不只限于这一点，而且最突出的也不是这一件事。最突出的是宗教偏见。她自己信奉的是耶稣教，对天主教怀有莫名其妙的刻骨仇恨。世界各地区各民族都毫无例外地有宗教偏见，这种偏见比任何其他偏见都更偏见。欧洲耶稣基督教新旧两派之间的偏见，也是异常突出的。我的女房东没有很高的文化，她的偏见也因而更固执。但她偏偏碰到一个天主教的好人。女房东每个月要雇人洗一次衣服、床单，等等。承担这项工作的是一个天主教的老处女，年纪比女房东还要大，总有六十多岁了。她没有财产，没有职业，就靠帮人洗衣服为生。人非常老实，一天说不了几句话。却是一个十分虔诚的信徒，每月的收入，除了维持极其简朴的生活以外，全都交给教堂。她大概希望百年之后能够在虚无缥缈的天堂里占一个角落吧。女房东经常对我说："特雷莎（Therese）忠诚得像黄金一样。"特雷莎是她的名字。但是，忠诚归忠诚，一提到宗教，女房东就愤愤不平，晚上向我"汇报"时，对她也时有微词，具体的例子却从来没有听说过。

我的女房东就是这样一个有不平、有偏见、有自己的与宇宙大局世界大局和国家大局无关的小忧愁小烦恼、有这样那样的特点的平平常常的人；却是一个心地善良、厚道、不会玩弄任何花招的平常人。

她的一生也是颇为坎坷的，走的并非都是阳关大道。据她自己说，第一次世界大战前，德国人家里普遍都有金子，她家里也一样。大战一结束，德国发了疯似的通货膨胀，把她的一点点黄金都膨胀光了，成了无金阶级。到了第二次世界大战，她只是靠工资过日子。她对政治不感兴趣，她从来不赞扬希特勒，当然更不懂去反对他。由于种族偏见，犹太人她是反对的，但也说不上是“积极分子”，只是随大流而已。她在乡下没有关系户，食品同我一样短缺。在大战中间，她丈夫饿得从一个大胖子变成一个瘦子，终于离开了人世。老两口一生和睦相处，我从来没有听到他们俩拌过嘴，吵过架。老头一死，只剩下她孤零一人。儿子极少回来，屋子里空荡荡的。她心里是什么滋味，我不知道。从表面上来看，她只能同我这一个异邦的青年相依为命了。

战争到了接近尾声的时候，日子越来越难过。不但食品短缺，连燃料也无法弄到。哥廷根市政府俯顺民情，决定让居民到山上去砍伐树木。在这里也可以看到德国人办事之细致、之有条不紊、之遵守法纪。政府工作人员在茫茫的林海中划出了一个可以砍伐的地区，把区内的树逐一检查，可以砍伐者画上红圈。砍伐没有红圈的树，要受到处罚。女房东家里没有劳动力，我当然当仁不让，陪她上山，砍了一天树，运下山来，运到一个木匠家里，用机器截成短段，然后运回家来，贮存在地下室里，供取暖之用。由于那一个木匠态度非常坏，我看不下去，同他吵了一架。他过后到我家来，表示歉意。我觉得，这不过是小事一桩，一笑置之而已。

我的女房东是一个平常人，当然不能免俗。当年德国社会中非常重视学衔，说话必须称呼对方的头衔。对方是教授，必须呼之为“教授先生”；对方是博士，必须呼之为“博士先生”。不这样，就显得有点不礼貌。女房东当然不会是例外。我通过了博士口试以后，当天晚上“汇报”时，她突然笑着问说：“我从今以后是不是要叫你‘博士先生’？”我真是大吃一惊，是我万万没有想到的。我连忙说：“完全没有必要！”她也不再坚持，仍然照旧叫我“季先生”，我称她为“欧朴尔太太”，相安无事。

一想到我的母亲般的女房东，我就回忆联翩。在漫长的十年中，我们晨夕相处，从来没有任何矛盾。值得回忆的事情实在太多了，即使回忆困难时期的情景，这回忆也仍然是甜蜜的。这些回忆一时是写不完的，因此我也就不再写下去了。

离开德国以后，在瑞士停留期间，我曾给女房东写过几次信。回国以后，在北平，我费了千辛万苦，弄到了一罐美国咖啡，大喜若狂。我知道，她同许多德国人一样，嗜咖啡若命。我连忙跑到邮局，把邮包寄走，期望它能越过千山万水，送到老太太手中，让她在孤苦伶仃的生活中获得一点喜悦。我不记得收到了她的回信。到了50年代，“海外关系”成了十分危险的东西。我再也不敢写信给她，从此便云天渺茫，互不相闻。正如杜甫所说的“明日隔山岳，世事两茫茫”了。

1983年，在离开哥廷根将近四十年之后，我又回到了我的第二故乡。我特意挤出时间，到我的故居去看了看。房子整洁如故，四十年漫长岁月的痕迹一点也看不出来。我走上三楼，我的住房门外的铜牌上已经换了名字。我也无从打听女房东的下落，她恐怕早已离开了人世，同她丈夫一起，静卧在公墓的一个角落里。我回首前尘，百感交集。人生本来就是这样，我有什么办法呢？我只有虔心祷祝她那在天之灵——如果有的话——永远安息。

1994年2月25日

悼念沈从文先生

去年有一天，老友肖离打电话告诉我，从文先生病危，已经准备好了后事。我听了大吃一惊，悲从中来。一时心血来潮，提笔写了一篇悼念文章，自诧为倚马可待，情文并茂。然而，过了几天，肖离又告诉我说，从文先生已经脱险回家。我心里一块石头落了地，又窃笑自己太性急，人还没去，就写悼文，实在非常可笑。我把那一篇“杰作”往旁边一丢，从心头抹去了那一件事，稿子也沉入书山稿海之中，从此“云深不知处”了。

到了今年，从文先生真正去世了。我本应该写点什么的，可是，由于有了上述一段公案，懒于再动笔，一直拖到今天。同时我注意到，像沈先生这样一个人，悼念文章竟如此之少，有点不太正常，我也有点不平。考虑再三，还是自己披挂上马吧。

我认识沈先生已经五十多年了。当我还是一个大学生的时候，我就喜欢读他的作品。我觉得，在所有的并世的作家中，文章有独立风格的人并不多见。除了鲁迅先生之外，就是从文先生。他的作品，只要读上几行，立刻就能辨认出来，绝不含糊。他出身湘西的一个破落小官僚家庭，年轻时当过兵，没有受过多少正规的教育，他完全是自学成家。湘西那一片有点神秘的土地，其怪异的风土人情，通过沈先生的笔而大白于天下。湘西如果没有像沈先生这样的大作家和像黄永玉先生这样的大画家，恐怕一直到今天还是一片充满了神秘的terra incognita（没有人了解的土地）。

我同沈先生打交道，是通过一件不大不小的事情。丁玲的《母亲》出版以后，我读了觉得有一些意见要说，于是写了一篇书评，刊登在郑振铎、靳以主编的《文学季刊》创刊号上。刊出以后，我听说，沈先生有一些意见。我于是立即写了一封信给他，同时请郑先生在《文学季刊》创刊号再版时，把我那一篇书评抽掉。也许就由于这一个不能算是太愉快的因缘，我们就认识了。我当时是一个穷学生，沈先生是著名的作家。社会地位，虽不能说如云泥之隔，毕竟差一大截子。可是他一点名作家的架子也不摆，这使我非常感动。他同张兆和女士结婚，在北京前门外大栅栏撷英番菜馆设盛大宴席，我居然也被邀请。当时出席的名流如云。证婚人好像是胡适之先生。

从那以后，有很长的时间，我们并没有多少接触。我到欧洲去住了将近十一年。他在抗日烽火中在昆明住了很久，在西南联大任国文系教授。彼此音问断绝，他的作品我也读不到了。但是，有时候，不知是出于什么原因，我在饥肠辘辘、机声嗡嗡中，竟会想到他。我还是非常怀念这一位可爱、可敬、淳朴、奇特的作家。

一直到1946年夏天，我回到祖国。这一年的深秋，我终于又回到了别离了十几年的北平。从文先生也于此时从云南复员来到北大，我们同在一个学校任职。当时我住在翠花胡同，他住在中老胡同，都离学校不远，因此我们也相距很近，见面的次数就多了起来。他曾请我吃过一顿相当别致、毕生难忘的饭，云南有名的汽锅鸡。锅是他从昆明带回来的，外表看上去像宜兴紫砂，上面雕刻着花卉书法，古色古香，虽系厨房用品，然却古朴高雅，简直可以成为案头清供，与商鼎周彝斗艳争辉。

就在这一次吃饭时，有一件小事给我留下了深刻的印象。当时要解开一个用麻绳捆得紧紧的什么东西。只需用剪子或小刀轻轻地一剪一割，就能开开。然而从文先生却抢了过去，硬是用牙把麻绳咬断。这一个小小的举动，有点粗劲，有点蛮劲，有点野劲，有点土劲，并不高雅，并不优美。然而，它却完全透露了沈先生的个性。在达官贵人、高等华人眼中，这简直非常可笑，非常可鄙。可是，我欣赏的却正是这一种劲头。我自己也许就是这样一个"土包子"，虽然同那一些只会吃西餐、穿西装、半句洋话也不会讲偏又自认为是"洋包子"的人比起来，我并不觉得低他们一等。不是有一些人也认为沈先生是"土包子"吗?

还有一件小事，也使我忆念难忘。有一次我们到什么地方去游逛，可能是中山公园之类。我们要了一壶茶，我正要拿起壶来倒茶，沈先生连忙抢了过去，先斟出了一杯，又倒入壶中，说只有这样才能把茶味调得均匀。这当然是一件微不足道的小事，然而在琐细中不是更能看到沈先生的精神吗?

小事过后，来了一件大事：我们共同经历了北平的解放。在这个关键时刻，我并没有听说，从文先生有逃跑的打算。他的心情也是激动的，虽然他并不故作革命状，以达到某种目的，他仍然是朴素如常。可是厄运还是降临到他头上来。一个著名的马列主义文艺理论家，在香港出版的一个进步的文艺刊物上，发表了一篇长文，题目大概是什么《文坛一瞥》之类，前面有一段相当长的修饰语。这一位理论家视觉似乎特别发达，他在文坛上看出了许多颜色。他“一瞥”之下，就把沈先生“瞥”成了粉红色的小生。我没有资格对这一篇文章发表意见。但是，沈先生好像是当头挨了一棒，从此被“瞥”下了文坛，销声匿迹，再也不写小说了。

一个惯于舞笔弄墨的人，一旦被剥夺了写作的权利，他心里是什么滋味，我说不清；他有什么苦恼，我也说不清。然而，沈先生并没有因此而消沉下去。文学作品不能写，还可以干别的事嘛。他是一个精力旺盛的人，他是一个闲不住的人，他转而研究起中国古代的文物来，什么古纸、古代刺绣、古代衣饰，等等，他都研究。凭了他那一股惊人的钻研的能力，过了没有多久，他就在新开发的领域内取得了可喜的成绩。他那一本讲中国服饰史的书，出版以后，洛阳纸贵，受到国内外一致的高度的赞扬，他成了这方面权威。他自己也写章草，又成了一个书法家。

有点讽刺意味的是，正当他手中的写小说的笔被“瞥”掉的时候，从国外沸沸扬扬传来了消息，说国外一些人士想推选他做诺贝尔文学奖的候选人。我在这里着重声明一句，我们国内有一些人特别迷信诺贝尔奖，迷信的劲头，非常可笑。试拿我们中国没有得奖的那几位文学巨匠同已经得奖的欧美的一些作家来比一比，其差距简直有如高山与小丘。同此辈争一日之长，有这个必要吗！推选沈先生当候选人的事是否进行过，我不得而知。沈先生怎样想，我也不得而知。我在这里提起这一件事，只不过把它当作沈先生一生中一个小小的插曲而已。

我曾在几篇文章中都讲到，我有一个很大的缺点（优点？），我不喜欢拜访人。有很多可尊敬的师友，比如我的老师朱光潜先生、董秋芳先生，等等，我对他们非常敬佩，但在他们健在时，我很少去拜访。对沈先生也一样。偶尔在什么会上，甚至在公共汽车上相遇，我感到非常亲切，他好像也有同样的感情。他依然是那样温良、淳朴，时代的风风雨雨在他身上，似乎没有留下什么痕迹，说白了就是没有留下伤痕。一谈到中国古代科技、艺术，等等，他就喜形于色，眉飞色舞，娓娓而谈，如数家珍，天真得像一个大孩子。这更增加了我对他的敬意。我心里曾几次动过念头：去看一看这一位可爱的老人吧！然而，我始终没有行动。现在人天隔绝，想见面再也不可能了。

有生必有死，是大自然的规律。我知道，这个规律是违抗不得的，我也从来没有想去违抗。古代许多圣君贤相，聪明一世，糊涂一时，想方设法，去与这个规律对抗，妄想什么长生不老，结果却事与愿违，空留下一场笑话。这一点我很清楚。但是，生离死别我又不能无动于衷。古人云：太上忘情。我是一个微不足道的凡人，无论如何也做不到忘情的地步，只有把自己钉在感情的十字架上了。我自谓身体尚颇硬朗，并不服老。然而，曾几何时，宛如黄粱一梦，自己已接近耄耋之年。许多可敬可爱的师友相继离我而去。此情此景，焉能忘情？现在从文先生也加入了去者的行列。他一生安贫乐道，淡泊宁静，死而无憾矣。对我来说，忧思却着实难以排遗。像他这样一个有特殊风格的人，现在很难找到了。我只觉得大地茫茫，顿生凄凉之感。我没有别的本领，只能把自己的忧思从心头移到纸上，如此而已。

1988年11月2日写于香港中文大学会友楼

护士长

八十多岁以前，我基本上没生大病，没有住过医院，没有见过什么护士。虽然“白衣天使”一类的词也出现在我的文章中，但那只不过是空洞的概念而已。

从去年起，运交华盖，开始生起比较严重的病来。由于我的一个老学生——原三〇一医院的副院长牟善初教授的指引，我才得以住进了遐迩闻名的三〇一医院。由于病情屡变，我曾五次进出，我戏称之为“五进宫”。只是最近这一进宫，虽然住的时间相当长，至今还是出宫无望。我由此而生苦恼。

在这医院里，我才看到了真正的护士，而且知道，还有一位护士长。

我在这里，患病的名目不止一个，所以颇换了几次病房。最后转到了骨科病房，就是我现在住的地方。这里当然也有一些护士，其中有一个护士长，算是群龙之首。她们都是青春妙龄，精力充沛。然而走动起来却是踏地细无声，这样的肃静是病人绝对需要的。看到了这样的护士，病人的病痛会减退几分的，我个人的经验就是这样。

在这里，我想特别讲一位护士长。

在医院里，人人都戴大口罩，一个人的庐山真面目是看不到的。对于这一位护士长，最初我只能看到大白口罩上两只灵动的大眼睛。只是到了若干天之后，她休假了，才改换了装束，真正的护士长我才得以看到，这是后话，暂且不表。

可是，我们的护士长不需要庐山真面目的，只听她的声音就够了。这声音的确与众不同——至少是在我的耳朵里——她的声音，像一串小银铃铛互相撞击从而发出了清脆悦耳的声音。这声音有极其细致入微的内涵，里面隐含着忠诚、同情、信赖、爱护，都是语言所难以表达的。每次听到这个声音，心中就暗暗地有一股暖流穿过。

可是，我却万万没有想到，有一天护士长问我刮不刮胡子。医院里的病人，大都忙活着治自己的病，至于脸上腮上的于思于思[①]，从来不去管它。我此时已经两三个月没有理发，病房里没有镜子，我无法看清自己；但是，我想，“够瞧的”了。我自己起了一个别号，叫作“白毛老妖”。没有人出来反对。现在护士长居然关心我的胡子。她说，她要亲手给我刮。我真是惊喜之至了。问她工具何在。她说就用我在七十年前初到德国时买的那一套工具，有刀片，有刀片夹。我是不大买新东西的，这一套工具我用了七十多年，随我走遍大半个世界。不意在今天，在新世界，它又要在护士长手上显灵了。

虽然我并不放心，护士长却是信心十足。她拿起了老工具，在

① 于思于思：出自《左传》，指胡子很多。

我脸上嘴巴上涂上肥皂沫，抬手就刮开了。你甭说，她还真有两下子，这个异域的老工具，在她手上，敬谨从命。说句老实话，比我自己刮得要好。连鼻子和上唇之间那极小的地区，她无不刮到，而且刮得干净。我放了心，我服了。

从此以后，在几个月中，我的刮胡子的任务，就全由她一个人包办了。每隔一段时间，就刮一次，至今已经刮了十多次，准确数目，谁也说不清了。

最令人感动的是，护士长在休假期间，我们以为她真休假了。可是有一天，一个便装的年轻姑娘忽然站在我眼前，我初极惊愕；但是那银铃般的笑声却是无法掩饰的，我知道是护士长。她并没有去休假，而是找我来刮胡子。看她的年龄比盛装的护士长的年龄要差十岁。

大概在别的方面她的表现也特别突出。因此，在今年国际护士节时，院里把她列为全院仅有的三位模范护士长之一。

也许有人认为，这些都是芝麻绿豆般的小事，值不得大肆吹嘘。这种意思我是不能同意的。目前我国社会风尚颇多不尽如人意之处，原因确实很多；但是，其中之一就是大家都热衷于自己的“大”事，而对于朋友间的关心和照顾，则往往忽略。正是在这些地方，我们需要认真学习护士长。

这位护士长是谁呢？

她是三〇一医院某楼的护士长，名字叫刘珍蓉。

2003年6月17日于三〇一医院

忆章用

我一直到现在还不能相信，他竟撒手离开现在的这个世界去了。我自己的生命虽然截至现在还说不上怎样太长，但在这不太长的过去的生命中，他的出现却更短，短到令人怀疑是不是曾经有过这样一回事。倘若要用一个譬喻的话，我只能把他比作一颗夏夜的流星，在我的生命的天空中，蓦地拖了一条火线出现了，蓦地又消逝到暗冥里去。但在这条火线留下的影子却一直挂在我的记忆的丝缕上，到现在，已经是隔了几年了，忽然又闪耀了起来。

人的记忆也是怪东西，在每一天，不，简直是每一刹那，自己所遇到的大大小小的事情中，在风起云涌的思潮中，有后来想起来认为是极重大的事情，但在当时看过想过后不久就忘却了，费很大的力量才能再回忆起来。但有的事情，譬如说一个人笑的时候脸部构成的图形，一条柳枝摇曳的影子，一片花瓣的飘落，在当时，在后来，都不认为有什么不得了；但往往经过很久很久的时间，却能随时明晰地浮现在眼前，因而引起一长串的回忆。到现在很生动地浮现在我眼前，压迫着我想到俊之（章用）的，就是他在谈话中间静默时神秘地向眼前空虚处注视的神态。

但说来已经是六年前的事情了。六年前的深秋，我从柏林来到哥廷根。第二天起来，在街上走着的时候，觉得这小城的街特别长，太阳也特别亮，一切都浸在一片白光里。过了几天，就在这样的白光里，我随了一位中国同学走过长长的街去访俊之。他同他母亲赁居一座小楼房的上层，四周全是花园。这时已经是落叶满地，树头虽然还挂了几片残叶，但在秋风中却只显得孤零了。那一次究竟说了些什么话，现在已经记不清了。似乎他母亲说话最多，俊之并没有说多少。在谈话中间静默的一刹那，我只注意到，他的目光从眼镜边上流出来，神秘地注视着眼前的空虚处。

就这样，我们第一次见面他给我的印象是颇平常的，但不知为什么，以后竟常常往来起来。他母亲人非常慈和，很能谈话。每次会面，都差不多只有她一个人独白，每次都感觉不到时间的逝去，等到觉得屋里渐渐暗起来，却已经晚了，结果每次都是仓仓促促辞了出来，摸索着走下黑暗的楼梯，赶回家来吃晚饭。为了照顾儿子，她在这离开故乡几万里的寂寞的小城里陪儿子一住就是七八年，只是这一件，就足以打动了天下失掉了母亲的孩子们的心，让他们在无人处流泪，何况我又是这样多愁善感。又何况还是在这异邦的深秋呢？我因而常常想到在故乡里萋萋的秋草下长眠的母亲，到俊之家里去的次数也就多起来。

哥廷根的秋天是美的，美到神秘的境地，令人说不出，也根本想不到去说。有谁见过未来派的画没有？这小城东面的一片山林在秋天就是一幅未来派的画。你抬眼就看到一片耀眼的绚烂。只说黄色，就数不清有多少等级，从淡黄一直到接近棕色的深黄，参差地抹在这一片秋林的梢上；里面杂了冬青树的浓绿，这里那里还点缀上一星星的鲜红，给这惨淡的秋色涂上一片凄艳。就在这林子里，俊之常陪我去散步。我们不知道曾留下多少游踪。林子里这样静，我们甚至能听到叶子辞树的声音。倘若我们站下来，叶子也就会飘落到我们身上。等到我们理会到的时候，我们的头上肩上已经满是落叶了。间或前面树丛里影子似的一闪，是一头被我们惊走的小鹿；接着我们就会听到窣窣的干叶声，渐远，渐远，终于消逝到无边的寂静里去。谁又会想到，我们竟在这异域的小城里亲身体会到叶干闻鹿行的境界？但这情景都是后来回忆时才觉到的。在当时，我们却没有，或者可以说很少注意到——我们正在热烈地谈着什么。他虽然念的是数学，但因为家学渊源，对中国旧文学很有根底，作旧诗更是经过名师的指导，对哲学似乎比对数学的兴趣还要大。我自己虽然一无所成，但因为平常喜欢浏览，所以很看了些旧诗词，而且自己对许多文学上的派别和几个诗人还有一套看法。平时难得解人，所以一直闷在心里，现在居然有人肯听，于是我就一下子倾出来。看了他点头赞成的神气，我的意趣更不由得飞动起来，我忘记了时间，忘记了世界，连自己也忘记了。往往是看到桦树的白皮上已经涂上了淡红的夕阳，才知道是应该下山的时候。走到城边，就看到西面山上一团紫气，不久天上就亮起星星来了。

等到林子里最后的几片黄叶也落净了的时候，不久就下了第一次的雪。哥城的冬天是寂寞的。天永远阴沉，难得看到几缕阳光。在外面既然没有什么可看，人们又觉得炉火可爱起来。有时候在雪意很浓的傍晚，他到我家里来闲谈。他总是靠近炉子坐在沙发上，头靠在后面的墙上。我们总有说不完的话，大半谈的仍然是哲学宗教上的问题，但转来转去，总转到中国旧诗上。他说话没有我多。当我滔滔不绝地说着的时候，他只是静静地听，脸上又浮起那一片神秘的微笑，眼光注视着眼前的空虚处。同我一样，他也会忘记了时间，现在轮到他摸索着走下黑暗的楼梯赶回家去吃晚饭了。

后来这情形渐渐多起来。等到我们再聚到一起的时候，章伯母就笑着告诉我，自从我到了哥廷根，他儿子仿佛变了一个人，以前同他母亲也不大多说话，现在居然有时候也显得有点儿活泼了。他在哥城八年，除了间或到范禹（龙丕炎）家去以外，很少到另外一位中国同学家里去，当然更谈不到因谈话而忘记了吃晚饭。多少年来，他就是一个人到大学去，到图书馆去，到山上去散步，不大同别人在一起。这情形我都能想象得到，因为无论谁只要同俊之见上一面，就会知道，他是孤高一流的人物。这样一个人怎么能够同其他油头粉面满嘴里离不开跳舞电影的留学生们合得来呢？

他的孤高并不是矫揉造作的，他也并没有意思去装假名士。章伯母告诉我，他在家里，也总是一个人在思索着什么，有时坐在那里，眼睛愣愣的，半天不动。他根本不谈家常，只有谈到学问，他才有兴趣。但老人家的兴趣却同他的正相反，所以平常时候母子相对也只有沉默着一句话也不说了。他对吃饭也感不到多大兴趣，坐在饭桌旁边，嘴里嚼着什么，眼睛并不看眼前的碗同菜，脑筋里似乎正在思索着只有他自己知道的问题。有时候，手里拿着一块面包，站起来，在屋里不停地走，他又沉到他自己独有的幻想的世界里去。倘若叫他吃，他就吃下去；倘若不叫他，他也就算了。有时候她同他开个玩笑，问他刚才吃的是什么东西，他想上半天，仍然说不上来。这是他自己说起来都会笑的。过了不久，我就有机会证实了章伯母的话。这所谓不久，我虽然不能确切地指出时间来，但总在新年过后的一二月里，小钟似的白花刚从薄薄的雪堆里挣扎出来，林子里怕已经抹上淡淡的一片绿意了。章伯母因为有事情到英国去了，只留他一个人在家里。我因为学系不能决定，有时候感到异常的烦闷，所以就常在傍晚的时候到他家里去闲谈。我差不多每次都看到桌子上一块干面包，孤伶地伴着一瓶凉水。问他吃过晚饭没有，他说吃过了。再问他吃的什么，他的眼光就流到那一块干面包和那一瓶凉水上去，什么也不说。他当然不缺少钱买点儿香肠牛奶什么的，而且煤气炉子也就在厨房里，只要用手一转，也就可以得到一壶热咖啡。但这些他都没做，也许是忘记了，也许根本没有兴致想到这些琐碎的事情，他脑筋里正盘旋着什么问题。在这时候，最简单的办法当然就是向面包盒里找出他母亲吃剩下的面包，拧开凉水管子灌满一瓶，草草吃下去了事。既然吃饭这事情非解决不行，他也就来解决；至于怎样解决，那又有什么重要呢？反正只要解决过，他就能再继续他的工作，他这样就很满意了。

我将怎样称呼他这样一个人呢？在一般人眼中，他毫无疑问是一个怪人，而且他和一般人，或者也可以说，一般人和他合不来的原因恐怕也就在这里面。但我从小就有一个偏见，我最不能忍受四平八稳处事接物面面周到的人物。我觉得，人不应该像牛羊一样，看上去都差不多，人应该有个性。然而人类的大多数都是看上去都差不多的角色，他们只能平稳地活着，又平稳地死去，对人类对世界丝毫没有影响。真正大学问大事业是另外几个同一般人不一样，甚至被他们看作怪人和呆子的人做出来的。我自己虽然这样想，甚至也试着这样做过，也竟有人认为我有点儿怪，但我自问，有的时候自己还太妥协平稳，同别人一样的地方还太多。因而我对俊之，除了羡慕他的渊博的学识以外，对他的为人也有说不出来的景仰了。

在羡慕同景仰两种心情下，我当然高兴常同他接近。在他那方面，他也似乎很高兴见到我。到现在还不能忘记，每次我找他到小山上去散步，他都立刻答应；而且在非常仓皇的情形下穿鞋穿衣服，仿佛一穿慢了，我就会逃掉似的。我们到一起，仍然有说不完的话，我们谈哲学，谈宗教，仍然同以前一样，转来转去，总转到中国旧诗上去。他把他的诗集拿给我看，里面的诗并不多，只是薄薄的一本。我因为只仓猝翻了一遍，现在已经记不清，里面究竟有些什么诗。我用尽了力想，只能想起两句来：频梦春池添秀句，每闻夜雨忆联床。他还告诉我，到哥城八年，先是拼命念德文，后来入了大学，又治数学同哲学，总没有余裕和兴致来写诗，但自从我来以后，他的诗兴仿佛又开始汹涌起来，这是连他自己都没想到的。

果然，过了不久，又在一个傍晚，他到我家里来。一进门，手就向衣袋里摸，摸出来的是一个黄色的信封，里面装了一张硬纸片，上面工整地写着一首诗。

空谷足音一识君，相期诗伯苦相薰。

体裁新旧同尝试，胎息中西沐见闻。

胸宿赋才徕物与，气嘘史笔发清芬。

千金敝帚孰轻重，后世凭猜定小文。

我看了脸上直发热。对旧诗，我虽然喜欢胡谈乱道，但说到做，我却从来没尝试过，可以说是一个十足的门外汉，我哪里敢做梦做什么诗伯呢？但他的这番意思我却只有心领了。

这时候，我自己的心情并不太好，他也正有他的忧愁。七八年来，他一直过着极优裕的生活。近一两年来，国内的地租忽然发生了问题，于是经济来源就有了困难。对于他这其实都算不了什么，因为我知道，只要他一开口，立刻就会有人自动地送钱给他用，而且，据他母亲告诉我，也真的已经有人寄了钱来。譬如一位德国朋友，以前常到他家里去吃中国饭，现在在另外一个大学里当讲师，就寄了许多钱来，还愿意以后每月寄。然而俊之都拒绝了。我也同他谈过这事情，我觉得目前用朋友几个钱完成学业实在是无伤大雅的，但他却一概不听，也不说什么理由。我自己根本没有多少钱，领到的钱也不过刚够每月的食宿，一点儿也不能帮他的忙。最初听到他说，他不久就要回国去筹款，心中有说不出的难过。后来他这计划终于成为事实了。每次到他那里去，总看到他忙忙碌碌地整理书籍。我不愿意看这一堆堆横七竖八躺在地上的书籍。我觉得有什么地方对他不起，心里凭空惭愧起来。

在不知不觉时，时间已经由暮春转入了初夏。哥廷根城又埋到一团翠绿里去。俊之起程的日子也决定了。在前一天的晚上，我们替他饯行，一直到深夜才走出市政府的地下餐厅。我同他并肩走在最前面。他平常就不大喜欢说话，今天更不说了；我们只是沉默着走上去，听自己的步履声在深夜的小巷里回响，终于在沉默里分了手。我不知道他怎么样，我是一夜在床上翻来覆去地睡不着。第二天天一亮我就到他家去了。他已经起来了。我本来预备在我们离别前痛痛快快谈一谈，我仿佛有许多话要说似的，但他却坚决要到大学里去上一堂课。他母亲挽留也没有用。他嘴里只是说，他要去上最后一课，最后两个字说得特别响，脸上浮着一片惨笑。我不敢接触他的目光，但我却能了解他的客树回望成故乡的心情。谁又知道，这一堂课就真的成了他的最后一课呢?

就这样，俊之终于离开他的第二故乡哥廷根，离开了我，从那以后，我就再没有看到他。路上每到一个停船的地方，他总有信给我。他知道我正在念梵文，还剪了许多报上的材料寄给我。此外还寄给我了许多诗。回国以后，先在山东大学教数学。在这期间，他曾写过一封很长的信给我，报告他的近况，依然是牢骚满腹。后来又转到浙江大学去。情形如何，我不大清楚。不久战争也就波及浙江，他随了大学辗转迁到江西。从那里，我接到他一封信，附了一卷诗稿，把他回国以后作的诗都寄给我了。他仿佛预感到自己已经不久于人世，赶快把诗抄好，寄给一个朋友保存下去，这个朋友他就选中了我。我一直到现在还不相信，这是偶然的，他似乎故意把这担子放在我的肩上。

从那以后，我从他那里再没听到什么。不久范禹来了信，报告他的死。他从江西飞到香港去养病，就死在那里。我真没法相信这是真的，难道范禹听错了消息了么？但最后我却终于不能不承认，俊之是真的死了，在我生命的夜空里，他像一颗夏夜的流星似的消逝了，永远的消逝了。

我们相处一共不到一年。一直到离别还互相称作“先生”。在他没死之前，我不过觉得同他颇能谈得来，每次到一起都能得到点安慰，如此而已。然而他的死却给了我一个回忆沉思的机会，我蓦地发现，我已于无意之间损失了一个知己，一个真正的朋友。在这茫茫人世间究竟还有几个人能了解我呢？俊之无疑是真正能够了解我的一个朋友。我无论发表什么意见，哪怕是极浅薄的呢，从他那里我都能得到共鸣的同情。但现在他竟离开这人世去了。我陡然觉得人世空虚起来。我站在人群里，只觉得自己的渺小和孤独，我仿佛失掉了倚靠似的，徘徊在寂寞的大空虚里。

哥廷根仍然同以前一样地美，街仍然是那样长，阳光仍然是那样亮。我每天按时走过这长长的街到研究所去，晚上再回来。以前我还希望，俊之回来的时候，我们还可以逍遥在长街上高谈阔论；但现在这希望永远只是希望了。我一个人拖了一条影子走来走去：走过一个咖啡馆，我回忆到我曾同他在这里喝过咖啡消磨了许多寂寞的时光；再向前走几步是一个饭馆，我又回忆到，我曾同他每天在这里吃午饭，吃完再一同慢慢地走回家去；再走几步是一个书店，我回忆到，我有时候呆子似的在这里站上半天看玻璃窗子里面的书，肩头上蓦地落上了一只温暖的手，一回头是俊之，他也正来看书窗子；再向前走几步是一个女子高中，我又回忆到，他曾领我来这里听诗人念诗，听完在深夜里走回家，看雨珠在树枝上珠子似的闪光——就这样，每一个地方都能引起我的回忆，甚至看到一块石头，也会想到，我同俊之一同在上面踏过；看了一枝小花，也会回忆到，我同他一同看过。然而他现在却撒手离开这个世界走了，把寂寞留给我。回忆对我成了一个异常沉重的负担。

今年秋天，我更寂寞得难忍。我一个人在屋里无论如何也坐不下去，四面的墙仿佛堆起来给我以压迫。每天吃过晚饭，我就一个人逃出去到山下大草地上去散步。每次都走过他同他母亲住过的旧居：小楼依然是六年前的小楼，花园也仍然是六年前的花园，连落满地上的黄叶，甚至连树头残留着的几片孤零的叶子，都同六年前一样，但我的心情却同六年前的这时候大大的不相同了。小窗子依然开对着这一片黄叶林。我以前在这里走过不知多少遍，似乎从来没有注意过这样一个小窗子，但现在这小窗子却唤回我的许多记忆，它的存在我于是也就注意到了。在这小窗子里面，我曾同俊之同坐过消磨了许多寂寞的时光：我们从这里一同看过涂满了凄艳的彩色的秋林，也曾看过压满了白雪的琼林，又看过绚烂的苹果花，蜜蜂围了嗡嗡地飞。在他离开哥廷根的前几天，我们都在他家里吃饭，忽然扫过一阵暴风雨，远处的山、山上的树林、树林上面露出的俾斯麦塔都隐入滃蒙的云气里去——这一切仿佛是一幅画，这小窗子就是这幅画的镜框。我们当时都为自然的伟大所压迫，半天说不出一句话来，只是沉默着透过这小窗注视着远处的山林。当时的情况还历历如在眼前，然而曾几何时，现在却只剩下我一个人在满了落叶的深秋的长街上，在一个离故乡几万里的异邦的小城里，呆呆地从下面注视这小窗子了，而这小窗子也正像蓬莱仙山可望而不可即了。

逝去的时光不能再捉回来，这我知道；人死了不能复活，这我也知道。我到现在这个世界上来活了三十年，我曾经看到过无数的死：父亲、母亲和婶母都悄悄地死去了。尤其是母亲的死在我心里留下无论如何也补不起来的创痕。到现在已经十年了，差不多隔几天我就会梦到母亲，每次都是哭着醒来。我甚至不敢再看讲母亲的爱的小说、剧本和电影。有一次偶然看一部电影片，我一直从剧场里哭到家。但俊之的死却同别人的死都不一样：生死之悲当然有，但另外还有知己之感。这感觉我无论如何也排除不掉。我一直到现在还要问：世界上可以死的人太多太多了，为什么单单死俊之一个人？倘若我不同他认识也就完了，但命运却偏偏把我同他在离祖国几万里的一个小城里拉在一起，他却又偏偏死去。在我的饱经忧患的生命里再加上这幕悲剧，难道命运觉得对我还不够残酷吗？

但我并不悲观，我还要活下去。有的人说：死人活在活人的记忆里。俊之就活在我的记忆里。只是为了这，我也要活下去。当然这回忆对我是一个无比的重担，但我却甘心肩起这一份重担，而且还希望能肩下去，愈久愈好。

五年前开始写这篇东西，那时我还在德国。中间屡屡因了别的研究工作停笔，终于剩了一个尾巴，没能写完。现在在挥汗之余勉强写起来，离开那座小城已经几万里了。

1946年7月23日写于南京

辑二

园花寂寞红

园花寂寞红

楼前右边，前临池塘，背靠土山，有几间十分古老的平房，是清代保卫八大园的侍卫之类的人住的地方。整整四十年以来，一直住着一对老夫妇：女的是德国人，北大教员；男的是中国人，钢铁学院教授。我在德国时，已经认识了他们，算起来到今天已经将近六十年了，我们算是老朋友了。三十年前，我们的楼建成，我是第一个搬进来住的。从那以后，老朋友又成了邻居。有些往来，是必然的。逢年过节，互相拜访，感情是融洽的。

我每天到办公室去，总会看到这个个子不高的老人，蹲在门前临湖的小花园里，不是除草栽花，就是浇水施肥；再就是砍几竿门前屋后的竹子，扎成篱笆。嘴里叼着半只雪茄，笑眯眯的。忙忙碌碌，似乎乐在其中。

他种花很有一些特点。除了一些常见的花以外，他喜欢种外国种的唐菖蒲，还有颜色不同的名贵的月季。最难得的是一种特大的牵牛，比平常的牵牛要大一倍，宛如小碗口一般。每年春天开花时，颇引起行人的注目。据说，此花来头不小。在北京，只有梅兰芳家里有，齐白石晚年以画牵牛花闻名全世，临摹的就是梅府上的牵牛花。

我是颇喜欢一点儿花的。但是我既少空闲，又无水平。买几盆名贵的花，总养不了多久，就呜呼哀哉。因此，为了满足自己的美感享受，我只能像北京人说的那样看“蹭”花。现在有这样神奇的牵牛花，绚丽夺目的月季和唐菖蒲，就摆在眼前，我焉得不“蹭”呢？每到下班或者开会回来，看到老友在侍弄花，我总要停下脚步，聊上几句，看一看花。花美，地方也美，湖光如镜，杨柳依依，说不尽的旖旎风光，人在其中，顿觉尘世烦恼，一扫而光，仿佛遗世而独立了。

但是，世事往往有出人意料者。两个月前，我忽然听说，老友在夜里患了急病，不到几个小时，就离开了人间。我简直不敢相信，然而这又确是事实。我年届耄耋，阅历多矣，自谓已能做到“悲欢离合总无情”了。事实上并不是这样。我有情，有多得超过了需要的情，老友之死，我焉能无动于衷呢？“当时只道是寻常”这一句浅显而实深刻的词，又萦绕在我心中。

几天来，我每次走过那个小花园，眼前总仿佛看到老友的身影，嘴里叼着半根雪茄，笑眯眯的，蹲在那里，侍弄花草。这当然只是幻象。老友走了，永远永远地走了。我抬头看到那大朵的牵牛花和多姿多彩的月季花，她们失去了自己的主人。朵朵都低眉敛目，一脸寂寞相，好像“溅泪”的样子。她们似乎认出了我，知道我是自己主人的老友，知道我是自己的认真入迷的欣赏者，知道我是自己的知己。她们在微风中摇曳，仿佛向我点头，向我倾诉心中郁积的寂寞。

现在才只是夏末秋初。即使是寂寞吧，牵牛和月季仍然能够开花的。一旦秋风劲吹，落叶满山，牵牛和月季还能开下去吗？再过一些时候，冬天还会降临人间的。到了那时候，牵牛们和月季们只能被压在白皑皑的积雪下面的土里，做着春天的梦，连感到寂寞的机会都不会有了。

明年，春天总会重返大地的。春天总还是春天，她能让万物复苏，让万物再充满了活力。但是，这小花园的月季和牵牛花怎样呢？月季大概还能靠自己的力量长出芽来，也许还能开出几朵小花。然而护花的主人已不在人间。谁为她们施肥浇水呢？等待她们的不仅仅是寂寞，而是枯萎和死亡。至于牵牛花，没有主人播种，恐怕连幼芽也长不出来。她们将永远被埋在地中了。

我一想到这里，不禁悲从中来。眼前包围着月季和牵牛花的寂寞，也包围住了我。我不想再看到春天，我不想看到春天来时行将枯萎的月季，我不想看到连幼芽都冒不出来的牵牛。我虔心默祷上苍，不要再让春天降临人间了。如果非降临不行的话，也希望把我楼前池边的这一个小花园放过去，让这一块小小的地方永远保留夏末秋初的景象，就像现在这样。

1992年8月30日

上海菜市场

上海尽有看不够数不清的高楼大厦，跑不完走不尽的大街小巷，满目琳琅的玻璃橱窗，车水马龙的繁华闹市；但是，我们的许多外国朋友却偏要去看一看早晨的菜市场。这是完全可以理解的。我们刚到上海的时候不是也想到菜市上去看一看吗?

那还是几年前的一个早晨，在太阳刚刚升起来的时候，踏着熹微的晨光，到一个离开旅馆不远的菜市场去。

到了邻近菜市场的地方，市场的气氛就逐渐浓了起来。熙熙攘攘的人群，摩肩擦背，来来往往。许多老大娘的菜篮子里装满了蔬菜海味鸡鸭鱼肉。有的篮子里活鱼在摇摆着尾巴，肥鸡在咯咯地叫着。老大娘带着一脸笑意，满怀愉快，走回家去。

一走进菜市场，仿佛走进了另一个世界。这里面五光十色，令人眼花缭乱。但是，仔细一看，所有的东西却又都摆得整整齐齐，有条不紊。菜摊子、肉摊子、鱼虾摊子、水果摊子，还有其他的许许多多的摊子，分门别类，秩序井然，又各有特点，互相辉映。你就看那蔬菜摊子吧。这里有各种不同的颜色：紫色的茄子、白色的萝卜、红色的西红柿、绿色的小白菜，纷然杂陈，交光互影。这里又有各种不同的线条：大冬瓜又圆又粗，豆荚又细又长，白菜的叶子又扁又宽。就这样，不同的颜色，不同的线条，紧密地摆在一起，于纷杂中见统一。我的眼一花，我觉得，眼前不是什么菜摊子，而是一幅出自名家手笔的彩色绚丽、线条鲜明的油画或水彩画。

不只菜摊子是这样，其他的摊子也莫不如此。卖鱼的摊子上，活鱼在水里游泳，十几斤重的大鲤鱼躺在案板上。卖鸡鸭的摊子上，鸡鸭在笼子里互相召唤。卖肉的摊子上，整片的猪肉、牛肉和羊肉挂在那里，还为穆斯林设了卖牛羊肉的专柜。在其他的摊子上，鸡蛋和鸭蛋堆得像小山，一个个闪着耀眼的白光。咸肉和板鸭成排挂在架子上，肥得仿佛就要滴下油来。水果摊子更是琳琅满目。肥大的水蜜桃、大个儿的西瓜、又黄又圆的香瓜、白嫩的鲜藕，摆在一起，竞妍斗艳。我眼前仿佛看到葳蕤的果子园、十里荷香的池塘、翠叶离离的瓜地，难道这不是一幅美妙无比的图画吗?

说是图画，这只是一时的幻象。说真的，任何图画也比不上这一些摊子。图画里面的东西是死的、不能动的，这里的东西却随时在流动。原来摆在架子上的东西，一转眼已经到了老大娘的菜篮子里。她们站在摊子前面，眯细了眼睛，左挑右拣，直到选中了自己想买的东西为止。至于价钱，她们是不发愁的，因为东西都不贵。结果是皆大欢喜，在一片闹闹嚷嚷的声中，大家都买到了中意的东西。她们原来的空篮子不久就满了起来。当她们转回家去的时候，她们手中的篮子也像是一幅幅美丽的图画了。

我们的外国朋友是住在旅馆里的，什么东西都不缺少。但是他们看到这些美丽诱人的东西，一方面啧啧称赞，一方面又跃跃欲试，也都想买点什么。有人买了几个大香瓜，有人买了几斤西红柿，还有人买了一些豆腐干。这样就会使本来已经很丰富的餐桌更加丰富多彩。我们的外国朋友也皆大欢喜了。

1963年9月27日

大放光明

幼年时候，我喜欢读唐代诗人刘梦得的诗《赠眼医婆罗门僧》：

三秋伤望远，终日泣途穷。
两目今先暗，中年似老翁。
看朱渐成碧，羞日不禁风。
师有金篦术，如何为发蒙？

觉得颇为有趣。一个印度游方郎中眼医，不远万里，跋山涉水，来到中国行医，如果把他的经历写下来，其价值恐怕不会低于《马可·波罗游记》。只可惜，我当年目光如炬，"欲穷千里目"，易如反掌；对刘梦得的处境和心情，一点都不理解，以为这不过是中印文化交流史上一件不大不小的事迹而已。不有同病，焉能相怜！

约摸在十几年前，我已步入真正的老境，身心两个方面，都感到有点力不从心了。眼睛首先出了问题，看东西逐渐模糊了起来。"看朱渐成碧"的经历我还没有过，但是，红绿都看不清楚，则是经常的事。经过了“十年浩劫”的炼狱，穷途之感是没有了，但是以眼泪洗面则时常会出现。求医检查，定为白内障。白内障就白内障吧，这是科学，不容怀疑。我是一个随遇而安的乐天派，觉得人生有点白内障也是难免的。有了病，就得治，那种同疾病做斗争的说法或做法，为我所不解。谈到治，我不禁浮想联翩，想到了唐代的刘梦得和那位眼医婆罗门僧。我不知道金篦术是什么样的方法，估计在一千多年前是十分先进的手术，而今则渺矣茫矣，莫名其妙了。在当时，恐怕金篦术还真有效用，否则刘梦得也绝不会赋诗赞扬。常言道：到什么时候说什么话。今天只能乞灵于最新的科学技术了。说到治白内障，在今天的北京，最有权威的医院是同仁。在同仁，最有权威的大夫是有“北京第一刀”之誉的施玉英大夫。于是我求到了施大夫门下，蒙她亲自主刀，仅用二十分钟就完成了手术。但只做了右眼的手术，左眼留待以后，据说这是正常的做法。不管怎样，我能看清东西了。虽然两只眼睛视力相差悬殊，右眼是0.6，左眼是0.1，一明一暗，两只眼睛经常闹点小矛盾，但是我毕竟能写字看书了，着实快活了几年。

但是，天有不测风云，人有旦夕祸福。近些日子，明亮的右眼突然罢了工，眼球后面长出了一层厚膜，把视力挡住，以致伸手不见五指。中石（欧阳）的右眼也有点小毛病，常自嘲“无出其右者”，我现在也有了深切类似的感受。但是祸不单行，左眼的视力也逐渐下降，现在已经达不到0.1了。两只眼通力协作，把我制造成了一个半盲人。严重的程度，远远超过了刘梦得，我本来已是老翁，现在更成了超级老翁了。

有颇长的一段时间，我在昏天黑地中过日子。我本来还算是一个谦恭的人，现在却变成了“目中无人”，因为即使是熟人，一米之内才能分辨出庐山真面目。我又变成了“不知天高地厚”，上不见蓝天，下不见脚下的土地，走路需要有人搀扶，一脚高，一脚低，踉跄前进。两个月前，正是阳春三月，燕园中一派大好风光。嫩柳鹅黄，荷塘青碧，但是，这一切我都无法享受。小蔡搀扶着我，走向湖边，四顾茫然。柳条勉强能够看到，只像是一条条的黑线。数亩方塘，只能看到潋滟的水光中一点波光。我最喜爱的二月兰就在脚下，但我却视而不见。我问小蔡，柳条发绿了没有。她说，不但发绿了，而且柳絮满天飞舞了；我却只能感觉，一团柳絮也没有看到。我手植的玉兰花，今年是大年，开了二百多朵白花，我抬头想去欣赏，也只能看到朦朦胧胧的几团白色。我手植的季荷是我最关心的东西，我每天都追问小蔡，新荷露了尖尖角没有。但是，荷花性子慢，迟迟不肯露面。我就这样过了一个春天。

有病必须求医，这是常识，而求医的首选当然依然是同仁医院，是施玉英大夫。可惜施大夫因事离京，我等候了相当长的一段时间，心中耐不住，奔走了几个著名的大医院。为我检查眼睛的几个著名的眼科专家，看到我动过手术的右眼，无不同声赞赏施玉英大夫手术之精妙。但当我请他们给我治疗时，又无不同声劝我，还是等施大夫。这样我只好耐着性子等候了。

施大夫终于回来了。我立马赶到同仁医院，见到了施大夫。经过检查，她说：“右眼打激光，左眼动手术！”斩钉截铁，没有丝毫游移，真正是“指挥若定识萧曹”的大将风度。我一下子仿佛吃了定心丸。

但这并不真能定心，只不过是知道了结论而已。对于这两个手术我是忐忑不安的。因为我患心律不齐症已有四十余年，虽然始终没有发作过，但是，正如我一进宫（第一次进同仁的戏称）时施玉英大夫所说得那样，四十年不发作，不等于永远不发作。不怕一万，就怕万一，万一在手术台上心房一颤动，则在半秒钟内，一只眼就会失明，万万不能掉以轻心。现在是二进宫了，想到施大夫这几句话，我能不不寒而栗吗？何况打激光手术。我完全不知道是怎么一回事，恍兮惚兮，玄妙莫测。一想到这一项新鲜事物，我心里能不打鼓吗？

总之，我认为，这两项手术都是风云莫测的，都包含着或大或小的危险性，我应当做好充分的思想准备。事实上，我也确实做了细致和坚定的思想准备。

谈到思想准备，无非是上、中、下三种。上者争取两项手术都完全成功。对此，基于我在上面讲到的危险情况，我确实一点把握都没有。中者指的是一项手术成功，一项失败。这个情况我认为可能性最大。不管是保住左眼，还是保住右眼，只要我还能看到东西，我就满意了。下者则是两项手术全都失败。这情况虽可怕，然而可能性确实是存在的。为了未雨绸缪，我甚至试做赛前的热身操。我故意长时间地闭上双目，只用手来摸索。桌子上和窗台上的小摆设，对我毫无用处了，我置之不摸。书本和钢笔、铅笔，也不能再为我服务了，我也不去摸它们。我只摸还有点用的刀子和叉子，手指尖一阵冰凉，心里感到颇为舒服。我又痴想联翩，想到国外一些失明的名人，比如鲁迅的朋友俄国盲诗人爱罗先珂。我又想到自己几位失明的师辈。冯友兰先生晚年目盲，却写出崭新的《中国哲学史新编》，思想解放、挥洒自如，成为一生绝唱。年已一百零五岁的陈翰笙先生，在庆祝他百年诞辰时，虽已目盲多年，却仍然要求工作。陈寅恪先生忧患一生，晚年失明，却写出了长达八十万字的《柳如是别传》，为士林所称绝。类似的例子，还可以举出一些来。但是，我觉得，这几个例子已经够了，已经足以警顽立懦，振聋发聩了。

以上都只是幻想。幻想终归是幻想，我还是回到现实中来吧。现实就是我要二进宫，再回到同仁医院。当年一进宫的时候，我坐车中，心神不定，不知是出于什么原因，无端背诵起来了苏东坡的"明月几时有？把酒问青天"这一首词，往复背诵了不知道多少遍，一直到走下汽车，躺在手术台上，我又无端背诵起来了苏词"缥缈红妆照浅溪"一首，原因至今不明。

我这一出一进宫，只是为了做一个手术，却唱了十七天。这一出二进宫，是想做两个手术，难道真让我唱上三十四天吗？可是我真正万万没有想到，我进宫的第二天早晨，施大夫就让人通知我，下午一点做白内障手术，后来又提前到十二点。这一次我根本没有诗兴，根本没有想到东坡词。一躺上手术台，施大夫同我聊了几句闲天："季老！你已经迫近九十高龄，牙齿却还这样好。"我答曰："前面排牙是装饰门面的，后面的都已支离破碎了。"于是手术开始，不到二十分钟便胜利结束，让我愉快地吃了一惊。

过了几天，我又经历了一次愉快的吃惊。刚吃完午饭，正想躺下午休，推门进来了一位大夫，不是别人，正是施玉英大夫本人，后面跟着一位柴大夫，这完全出我意料。除了查房外，施大夫是不进病房的。她通知我，待一会儿下午一点半做打激光手术。我惊诧莫名，但心里立即紧张起来。我听一个过来人说过，打激光要扎麻药，打完后，第一夜时有剧痛，须服止痛药，才能勉强熬住，过一两天，还要回医院检查。手续麻烦得很哩。但是，箭在弦上，不能不发，我硬着头皮，准时到了手术室，两位大夫都在。施大夫让我坐在一架医院到处都有的检查眼睛的机器旁，我熟练地把下巴颏儿压在一个盘状的东西上，心里想，这不过是手术前照例的检查，下一道手续应该是扎麻药针了。柴大夫先坐在机器的对面，告诉我，右眼珠不要动，要向前看。只听得啪啪几声响。施大夫又坐在那个位子上，又只是啪啪几声，前后不到几秒钟，两个大夫说："手术完了！"我吃惊得目瞪口呆："怎么完了？"我以为大头还在后面哩。我站了起来，睁眼环顾四周，眼前大放光明了。几秒钟之隔，竟换了一个天地，我首先看到了施大夫。我同这一位为我发矇的大恩人，做白内障手术已达两万多例的、名满天下的女大夫，打交道已有数年之久，但是，她的形象在我眼中只是一个影子。今天她活灵活现地站在我眼前，满面含笑。我又是一惊："她怎么竟是这样年轻啊！"我目光所及，无不熠熠闪光。几秒钟前，不见舆薪，而今却能明察秋毫。回到病房，看到陆燕大夫，几天来，她的庐山真面目，似乎总是隐而不彰，现在看到她是一个二十岁刚出头的年轻少女。当年杜甫闻官军收复河南河北而"漫卷诗书喜欲狂"，我眼前虽没有诗书可卷，而"喜欲狂"则是完全相同的。

回到燕园，时隔只有九天，却仿佛真正换了人间。临走时，一切都是模模糊糊的，回来时却一切都清清楚楚，都在光天化日之下了。天空更蓝，云彩更白；山更青，水更碧；小草更绿，月季更红；水塔更显得凌空巍然，小岛更显得蓊郁葳蕤。所有这一切，以前都似乎没有看得这样清清白白，今天一见，俨然如故友重逢了。

楼前的一半种了季荷的大池塘，多少年来，特别是近半年以来，在我眼中，只是扑朔迷离，模糊一团，现在却明明白白，清清晰晰地奔来眼底。塘边垂柳，枝条万千，倒影塘中，形象朗然。小鱼在树影中穿梭浮游，有时似爬上枝条，有时竟如穿透树干。水面上的黑色长腿的小虫，一跳一跳地往来游戏。荷塘中莲叶已田田出水，嫩绿满目，水中游鱼大概正在“游戏莲叶间”吧。可惜这情景不但现在看不到，连以前也是难以看到的。

走进家中，我多日想念的小猫们列队欢迎。它们真也像想念我多日了。现在挤在一起，在我脚下，钻来钻去。有的用嘴咬我的裤腿角，有的用毛茸茸的身子在我腿上蹭来蹭去，有的竟跳上桌子，用软软的小爪子拍我的脸。一时白光闪闪，满室生春，我顾而乐不可支。我养的小猫都是从我家乡山东临清带来的纯种波斯猫，纯白色，其中有一些是两只眼睛颜色不同的，一黄一碧，俗称金银眼或鸳鸯眼。这是波斯猫的特征之一。但是，在我长期半盲期间，除非把小猫脑袋抱在逼近我眼前，我是看不出来的。平常只觉得猫眼浑然一体而已。现在，自己的眼睛大放光明了，小猫在我眼中形象也随之大变，它们瞪大了圆圆的眼睛瞅着我，黄碧荧然，如同初见，我真正惊喜莫名了。

总之，花花世界，万紫千红，大放光明，尽收眼中。我真想手之舞之，足之蹈之了。

我真觉得，大千世界是美妙的。

我真觉得，人间是秀丽的。

我真觉得，生活是可爱的。

所有这一切都是二进宫的产物。我现在唯有祈祷上苍，千万不要让我三进宫。

2000年6月8日写完

北京忆旧

我不是北京人，但是先后在北京住了四十六年之久，算得上一个老北京了。讲到回忆北京旧事，我自觉是颇有一些资格的。

可是，回忆并不总是愉快的。俗话说：“一部二十四史，不知从何处说起。”我遇到的也是这个困难，不是无可回忆，而是要回忆的东西实在太多了。一想到四十六年的北京生活，脑海里就像开了幻灯铺，一幕一幕，倏忽而过。论建筑则有楼台殿阁，佛寺尼庵，阳关大道，独木小桥，无穷无尽的影像。论人物则有男女老幼，国内国外，黑眼黑发，碧眼黄发，无穷无尽的面影。再加上自然风光，春花秋月，夏雨冬雪，延庆密林，西山红叶，混搅成一团，简直像是七宝楼台，海市蜃楼，五光十色，迷离模糊。到了此时，我自己几乎不知置身何地了。

现在先从小事回忆起吧。

我想回忆一下中关村电子一条街。

在我居京的四十六年中，有四十年我住在清华园和燕园，都同今天的电子一条街是近邻。自从我国政府决定在海淀区成立一种经济特区[1]以来，电子一条街就名扬四海。今天，在这里，几乎日夜车水马龙，熙熙攘攘，街两旁店铺鳞次栉比，如雨后春笋，经营的几乎都是先进技术。敏感之士已经感到，将来仅有的几家不是经营先进技术的铺子，比如说饭馆、服装店之类，将会逐渐被挤走，而代之以有能力付特高租金的店铺，将来在海淀区吃饭穿衣都要遇到困难了。我佩服这些人的先见之明。我这个人虽然也还算敏感，但还没有达到这样高的水平，我还没有这样的杞忧。我只是有时候回忆起几十年前的这个地方，心中憬然若有所悟。可惜今天有我这种感觉的人恐怕很少很少了。今天的青年，甚至中年，看到的只是眼前的繁华景象，他们想的是跃跃欲试，逐鹿于电子战场，成为胜利者，手挥微机，头戴桂冠。至于此地过去如何，确定与他们无关，何必去伤这一份脑筋呢？

我生也早，现在已近耄耋之年。早生有早生的好处，但也有早生的包袱。我现在背的就是这样的包袱。我看电子一条街，同中青年们不完全一样。我既看到现在热闹的一面，又看到过去与热闹截然相反的一面。有时候这两面在我眼前重叠起来，我很自然地就起流光如驶之感，不禁大为慨叹。这种慨叹有什么用处吗？我说不出，看来恐怕不会有多大用处。明知没有多大用处，又何苦去回忆呢？我是身不由己，无能为力。既然生早了，亲眼看到这个地方原先的情况，就无法抑制自己不去回忆。这就是我现在的包袱。

将近六十年前，当我住在清华园读书的时候，晚饭之后，有时

---

① 经济特区：指北京新技术产业开发试验区。

候偕一两好友漫步出校南门，边走边谈，忘路之远近，间或走得颇远。留给我印象最深的是在深秋时分，我们往往走到一处人迹罕至的地方，衰草荒烟，景象萧森，举目四望，不见人家。但见野坟数堆，暮鸦几点，上下相映，益增荒寒，回望西天，残阳如血，余晖闪熠在枯草叶上。此时我感到鬼气森森，赶快收住脚步，转身回到清华园，仿佛又回到了人间。

测算位置，我当年到的那个地方，应该就是今天的中关村、电子一条街一带。这一点我认为是可以肯定的。我离开清华以后，再也没有到这里来过。1946年回到北平，也没有来过。1952年从城里搬到燕园，时过境迁，我对这个地方，早已忘得干干净净了。我在蓝旗营一公寓住了十年。初来时，门前的马路还没有。现在电子一条街修马路更在以后。这里修马路时，我当时的想法是，修这样宽的马路干吗呀！到了今天，马路扩展了一倍，仍然时有堵塞。仅仅三十几年，这里的变化竟如此巨大，我们的脑筋跟上时代的步伐竟如此困难。古人说沧海桑田，确有其事；论到速度，又是今非昔比了。

我从前读杨衒之《洛阳伽蓝记》、唐段成式《寺塔记》、刘肃《大唐新语》等书籍，常作遐想。书中描绘洛阳、长安等城市升沉衍变的情况，作者一腔思古之幽情，流露于楮墨之间，读来异常亲切感人。我原以为这是古人的事，于今渺矣茫矣。但是，现在看来，我自己亲身经历的类似电子一条街这样的变迁，岂非同古人一模一样吗？唯一的区别只在于，我只经历了六七十年，而古人经历的比较长而已。六七十年在人类历史上不能算太长，但也不能说太短，中国历史上有一些朝代也不过如此。我个人的经历应该算得上一部短短的历史了。

人是非常容易怀旧的，怀旧往往能带来某一种愉快。但是，到了我这样的年龄，我看到的经历过的已经太多太多了，“悲欢离合总无情”，有时候我连怀旧都有点懒怠了。今天写这一篇短文，一非想怀旧，二非想思古。不过偶尔想到，觉得别人未必知道，所以就写了下来。这绝不会影响电子一条街的人士发财致富，也不会帮助他们财运亨通。当他们饱饮可口可乐之余，对他们来说，这样琐细的回忆足资谈助而已。

1988年6月11日

表的喜剧

自己是乡下人，没有见过多大的世面；乡下人的固执与畏怯还保留了一部分。初到柏林的时候，刚走出了车站，头里面便有点朦胧。脚下踏着的虽然是光滑的柏油路，但我却仿佛踏上了棉花。眼前飞动着汽车电车的影子，天空里交织着电线，大街小街错综交叉着：这一切织成了一张有魔力的网，我便深深地陷在这网里。我惘然地跟着别人走，我简直像在一片茫无涯际的大海里摸索了。

在这样一片茫无涯际的大海里，我第一次感觉到表的需要，因为它能告诉我，什么时候应当去吃饭，什么时候应当去访人。说到表，我是一个十足的门外汉。在国内的时候，朋友中最少也是第三块表，或是第四块表的主人。然而对我，表却仍然是一个神秘的东西。虽然有时在等汽车的时候，因为等得不耐烦了，便沿着街向街旁的店铺里张望，希望能发现一只挂在墙上的钟，看看时间究竟到了没有。但张望的结果，却往往是，走了极远的路而碰不到一只钟。即便侥幸能碰到几只，然而每只所指的时间，最少也要相差半点钟。而且因为张望的态度太有点近于滑稽，往往引起铺子里伙计的注意，用怀疑的眼光看我几眼。当我从这怀疑的眼光的扫射下怀了一肚皮的疑虑逃回汽车站的时候，汽车已经开走了。一直到去年秋天，自己要按钟点挣面包的时候，才买了一只表。然而只走了三天，就停下来。到表铺一问，说是发条松，修理好了不久又停下来。又去问，说是针有毛病。修理到五六次的时候，计算起来，修理费已经超过了原价，但它却仍然僵卧在桌子上。我便下决心，花了相当大的一个数目另买了一只。果然能使我满意了。这表就每天随着我，一直随我坐上西伯利亚的火车。然而在斯托扑塞换车的时候，因为急着搬行李，竟把玻璃罩碰碎了。在当时惶遽仓促的心情下，并不觉得是一个多大的损失，就把它放在一个茶叶瓶里，又坐了火车。当我到了这茫无涯际的海似的柏林的时候，我才又觉到它的重要了。

于是在到了的第三天，就由一位在柏林住过两年的朋友陪我出去修理。仍然有一张充满了魔力的网笼罩着我的全身，我迷惘地随了他走。终于在康德街找到了一家表铺。说明了要换一个玻璃罩，表匠给了我一张纸条。我只看到上面有黑黑的几行字的影子，并没看清是什么字。因为我相信，上面最少也会有这表铺的名字和地址，只要有名字和地址，表就可以拿回去的。他答应我们第二天去拿，我们就跨出了铺门。

第二天的下午，我不愿意再让别人陪我走无意义的路，我便自己出发去取表。但是一想到究竟要到什么地方去取呢，立刻有一团迷离错杂的交织着电线的长长的街的影子浮动在我的眼前。我拿出那张纸条来看，我才发现，上面只印着收到一只修理的表，铺子名字却没有，当然更没有地址。我迷惑了。但我却不能不找找看。我本能地沿着康德街的左面走去，因为我虽然忘记了地址，但我却模模糊糊地记得是在街的左面。我走上去，我把我的注意力集中到每个铺子的招牌上，每一个铺子的窗子里。我看过各种各样的招牌和窗子。我时时刻刻预备着接受这样一个奇迹：蓦地会有一个“表”字或一只表呈现到我的眼前。然而得到的却是失望。我仍然走上去，康德街为什么竟这样长呢？我一直走到街的尽端，只好折回来再看一遍。终于在一大堆招牌里我发现了一个表铺的招牌。因为铺面太小了，刚才竟漏了过去。我仿佛到了圣地似的快活，一步跨进去，但立刻觉得有点不对。昨天我们跨进那个表铺的时候，那位修理表的老头正伏在窗子前面工作。我们一进去，他仿佛吃惊似的把一把刀子掉在地上。他伏下身去拾刀子的时候，我发现他背后有一架放满了表的小玻璃橱。但今天那架橱子移到哪儿去了呢？还没等我这疑虑扩散开来，主人出来了，也是一位老头。我只好把纸条交给他，他立刻就去找表。看了他的神气，想到刚才自己的怀疑，我笑了。但找了半天，表终于没找到。他用手搔着发亮的头皮，显出很焦急的样子。他告诉我，他的太太或许知道表放在什么地方。但她现在却不在家，让我第二天再去。他仿佛很抱歉的样子，拿过一支铅笔来，把他的地址写在那张纸条的后面。我只好跨出来，心里充满了疑惑和不安定，当我踏着暮色走回去的时候，对着这海似的柏林，我叹了一口气。

过了一个杂念缭绕的夜，我又在约定的时间走了去。因为昨天究竟有过那样的怀疑，所以走在路上的时候，我仍然注意每一个铺子的招牌和窗子里陈列的东西，希望能再发现一个表铺。不久，我的希望就实现了，是一个更要小的表铺。主人有点驼背。我把纸条递给他；问他，是不是他的。他说不是。我只好走出来，终于又走到昨天去过的那铺子。这次老头不在家，出来的是他的太太。我递给她纸条。她看到上面的字是她丈夫写的，立刻就去找表。她比老头还要焦急。她拉开每一个抽屉，每一个橱子；她把每一个纸包全打开了；她又开亮了电灯，把暗黑的角隅都照了一遍。然而表终于没找到。这时我的怀疑一点都没有了，我的心有点跳，我仿佛觉得我的表的的确确是送到这儿来的。我注视着老太婆，然而不说话。看了我的神气，老太婆似乎更焦急了。她的白发在电灯下闪着光，有点颤动。然而表却只是找不到，她又会有什么办法呢？最后，她只好对我说，她丈夫回来的时候问问看；她让我过午再去。我怀了更大的疑惑和不安走了出来。

当天的过午，看看要近黄昏的时候，我又一个人走了去。一开门，里面黑沉沉的；我觉得四周立刻古庙似的静了起来；我能听到自己的心跳动的声音。等了好一会儿，才见两个影子从里面移动出来。开了灯，看到是我，老头有点显得惊惶，老太婆也显然露出不安定的神气。两个人又互相商议着找起来；把每一个可能的地方全找到了，但表却终于没找到。老头更用力地用手搔着发亮的头皮；老太婆的头发在灯影里也更颤动得厉害。最后老头终于忍不住问我了，是不是我自己送来的。这问题真使我没法回答，我的确是自己送来的，但送的地方不一定是这里。我昨天的怀疑立刻又活跃起来。我看不到那个放满了表的小玻璃橱，我总觉得这地方不大像我送表去的地方。我于是对他解释说，我到柏林还不到四天，街道弄不熟悉。我问他，那纸条是不是他发给我的。他听了，立刻恍然大悟似的噢了一声，没有说什么，很匆忙地从抽屉里拿出一叠纸条，同我给他的纸条比着给我看。两者显然有极大的区别：我给他的那张是白色的，然而他拿出的那一叠却是绿色的，而且还要大一倍。他说，这才是他的收条。我现在完全明白了我走错了铺子。因为自己一时的疏忽，竟让这诚挚的老人陪我演了两天的滑稽剧，我心里实在有点过意不去。我向他道歉，我把我脑筋里所有的在这情形下用得着的德文单字全搜寻出来，老人脸上浮起一片诚挚而会意的微笑，没说什么。然而老太婆却有点生气了，嘴里吐噜着，拿了一块橡皮用力在我给她的那张纸条上擦，想把她丈夫写上的地址擦了去。我却不敢怨她，她是对的，白白地替我担了两天心，现在出出气，也是极应当的事。临走的时候，老头又向我说，要我到西面不远的一家表铺去问问，并且把门牌写给我。按着号数找到了，我才知道，就是我昨天去过的主人有点驼背的那个铺子。除了感激老头的热诚以外，我还能说什么呢?

我沿着康德街走上去，心里仿佛坠上了一块石头。天空里交织着电线，眼前是一条条错综交叉的大街小街，街旁的电灯都亮起来了，一盏盏沿着街引上去，极目处是半面让电灯照得晕红了起来的天空。我不知道柏林究竟有多大，我也不知道我现在在柏林的哪一部分。柏林是大海，我正在这大海里飘浮着，找一块比我自己还要渺小的表。我终于下意识地走到我那位在柏林住过两年的朋友的家里去，把两天来找表的经过说给他听；他显出很怀疑的神气，立刻领我出来，到康德街西半的一个表铺里去。离我刚才去过的那个铺子最少有二里路。拿出了收条，立刻把表领出来。一拿到表，我心里有说不出的感觉，我仿佛亲手捉到一个奇迹。我又沿了康德街走回家去。当我想到两天来演的这一幕小小的喜剧，想到那位诚挚的老头用手搔着发亮的头皮的神气的时候，对了这大海似的柏林，我自己笑起来了。

1935年12月2日于德国哥廷根

船上生活

我们终于在2月8日晚上上了船。船名叫Nea Hellas，排水量一万七千吨，在当时算是很大的船。据说，这艘巨轮是英国所有，被法国租来运送法军到越南去镇压当地的老百姓的。所以，船上的管理和驾驶人员全是英国人，而乘客则几乎全是法国兵，穿便衣的乘客微乎其微，八名中国人在其中竟占了很大的比例。我们分住在两个房间里，里面的设备不能说是豪华，但是整洁、舒适，我们都很满意。船上的饭是非常丰富而美味的，我在日记里多次讲到这一点。总之，上船以后，一切都比较顺利。

但是也曾碰到过不顺利的事情。有一天，我们在最高层的甲板上观望海景。一位英国船员忽然走向我们，告诉我们说，只有头等舱的旅客才能走上最高层。我们大吃一惊，仿佛当头挨了一棒：“驻马赛的中国总领事亲口答应我们买头等舱的船票的！”因为当时战争才结束不久，一切都未就绪，这一条船又是运兵的船，从船票上看不出等次。我们自认为是头等舱乘客，实际上并不是。马赛斗争我们自认为是胜利者，焉知那一位总领事是老狐狸，他轻而易举地就把我们这些“胜利者”蒙骗了。我们又气又笑，笑自己的幼稚，吃一堑，长一智，我们又增加了一番阅历。但是，为了中国人的面子，最高层我们绝不能不上。我们自己要掏钱改为头等舱，就为了争这一口气，我们到船长办公室去交涉。不知道是哪里来的灵感，那位船长一笑，不要我们补钱，特批准我们能上最高层甲板，皆大欢喜。从此顺顺利利地在船上过了将近一个月。

但是，在顺利中也不会没有小小的麻烦。英国人是一个诚实严肃的民族，有过多的保守性，讲究礼节。到船上餐厅里去吃饭，特别是晚饭，必须穿上燕尾服。我们是一群穷学生，衣足蔽体而已，哪里来的什么这尾那尾的服装。但是规定又必须遵守，我们没有办法，又跑了去找船长。他允许我们，只需穿着整洁，打好领带，穿好皮鞋，就可以进餐厅了。我们感激他这一番盛情，“舍命陪君子”，尽上最大的努力打扮自己。最初，因为天气还不太热，穿上笔挺的西装，把天花板上的通气孔尽量转向自己，笔直地坐在餐桌前，喝汤不出声，刀叉不碰响，正正经经，规规矩矩，吃完一顿饭，已经是汗流浃背，筋疲力尽了，回到房间，连忙洗澡。这样忍耐了一些时候，船一进入红海，天气热得无法形容，穿着衬衫，不走不动，还是大汗直流，再想“舍命”也似乎无命可舍了。我们简直视餐厅为畏途，不敢进去吃饭。我们于是同餐厅交涉，改在房中用餐，这个小小的磨难才算克服。

船上当然不全是磨难，令人愉快的事情还是很多很多的。首先是冷眼旁观船上的法国兵。船上究竟有多少法国兵，我并不清楚，大概总有几千人，而且男女都有，当然女兵在数目上远远少于男兵。法国人是一个愉快的、喜欢交际的民族。有人说，他们把心托在自己手上，随时随地交给对方。同他们打交道不像同德国人和英国人那样难。一见面，说不上三句话，似乎就成了老朋友，船上年轻的男女法国兵都是这样。他们和她们都热情活泼，逗人喜爱。他们之间，搂搂抱抱，打打闹闹，没有人觉得奇怪。只有在晚上，我们有时候会感到有点不方便。我们在甲板上散步，想让海风吹上一吹，饱览大海的夜景，这无疑也是一种难得的福气。可是在比较黑暗的角落里，有时候不小心会踩上躺在甲板上的人，不是一个，而是两个，当然是一男一女。此时，我们实在觉得非常抱歉，非常尴尬。而被踩者却大方得很，他们毫不在意，照躺不误。我们只好加速迈步，逃回自己的房间。房间内灯火通明，外面在甲板上黑暗中的遭遇，好像一下子消逝，只剩下零零碎碎的回忆的片段了。

我认识了一位法国青年军官，不知道他的军阶。瘦癯的身材，清瘦的面孔，一副和气的模样。他能说英语，我们就有了共同的语言。我们经常在甲板上碰头、交谈，一起散步，谈到各式各样的问题，彼此没有戒心，可以说是无话不谈。他常常用轻蔑的口吻讽刺法国军队，说官比兵多，大官比小官多。对晚上我们碰到的情况，他并不隐讳，但也并不赞成。就这样，我们在二十多天内，仿佛成了非常要好的朋友，他真仿佛把托在手掌上的心交给我了，我感到非常愉快。

至于法国兵同英国船员之间的关系，我看是非常融洽的。他们怎样接触，我没有看到，不敢瞎说。我亲眼看到的事情也有一些，其中给我印象最深的是法国兵与英国管理人员之间的拳击比赛。这种比赛几乎都放在晚上，在晚饭后，在轮船最前端的甲板上，摆下了战场，离船舷只有一两米远。船舷下面几十米的深处，浪花翻腾，汹涌澎湃之声洋洋乎盈耳。海水深碧，浩渺难测，里面鱼龙水怪正在潜伏，它们听到了船上的人声，看到了反映在海面上的灯影，大惊失色，愈潜愈深了。船上则灯火通明，人声鼎沸。英法两国的棒小伙子正在挥拳对击，龙腾虎跃，各不示弱。此时轮船仍然破浪前进，片刻不停。我们离开大陆百里千里，在一望无际的大海上，似乎是一个独立的小世界。我仿佛置身于一个童话或神话中，恍惚间又仿佛是在梦中，此情此景，无论如何也不像是在人间了。

我们的船还在红海里行驶。为什么叫“红海”呢？过去也曾有过这样的疑问，但是没有得到答案。这一次的航行却于无意中把答案送给了我。2月19日的日记中有这样一段话：

> 今天天气真热，汗流不止。吃过午饭，想休息一会儿，但热得躺不下。到最高层甲板上去看，远处一片红浪，像一条血线。海水本来是黑绿的，只有这一条特别红，浪冲也冲不破。大概这就是“红海”名字的来源。我们今天也看到飞鱼。

我想，能亲眼看到这一条红线，是并不容易的。千里航程中只有几米宽不知有多长的一条红线，看到它是要有一点运气的。如果我不适逢此时走上最高层甲板，是不会看到的。我自认为是一个极有运气的人，简直有点飘飘然了。

另外一件事证明我们全船的人都是有运气的。当时第二次世界大战刚刚结束，海上的水雷还没有来得及清除多少，从地中海经过红海到印度洋，到处都是这样。我们这一艘船又是最早从欧洲开往亚洲的极少数的船之一。在我们这一条船之前，已经有几条船触雷沉没了。这情况我们最初虽然并不完全知道，但也有所感觉。为什么一开船我们就被集合到甲板上，戴上救生圈，排班演习呢？为什么我的日记中记载着天天要到甲板上去“站班”呢？其中必有原因。过马六甲海峡以后，一天早晨，船长告诉大家，夜里他一夜没有合眼，这里是水雷危险区，他生怕出什么问题。现在好了，最危险的地区已经抛在后面了。从此以后，他可以安心睡觉了。我们听了，都有点后怕。但是，后怕是幸福的；危险过了以后，才能有后怕，这是尽人皆知的常识。

我们感到很幸福。

在洋溢着幸福感时，我们到了目的地：西贡。

我在延吉吃的第一顿饭

今天是我的生日。我来到这个世界上已经整整八十一年了。按天数算，共是二万九千五百六十五天。平均每天吃三顿饭，共吃了八万八千六百九十五顿饭。顿数多得不可谓不惊人了。而且我还吃遍了世界上三十多个国家的饭。多么好吃的，多么难吃的，多么奇怪的，多么正常的，我都吃过，而且都吃得下去。我自谓饭学已极精通，可以达到国际特级大师的标准了。对吃饭之事圆融自在，已臻化境。只要有饭可吃，我便吃之。吃饭真成了俗话说的“家常便饭”了。

到了延吉，刚一下飞机，到机场迎接我们的延边大学郑判龙副校长、卢东文人事处长、王文宏女士和金宽雄博士，随随便便一说：“我们到朝鲜冷面馆去吃个便饭吧！”客随主便，我就随随便便地答应了。数千里劳顿之余，随便吃一点便饭，难道还不是世间最惬意的事吗？

我们好像是随便走进一家饭馆，坐在桌旁，我万没有想到，不远千里来避暑的延吉，热得竟超过了北京。在挥汗如雨之余，菜逐渐上桌了。除了有点朝鲜风味以外，菜都是平平常常的，一点也没有引起我的特别注意。只有肚子确实有点空了，于是就大吃起来。

好在主人几乎都是老朋友，他们不特别讲求礼仪，强客人之所难；我们也就脱落形迹，不故作虚伪，任性之所好，随随便便地大吃起来。此时好像酷暑骤退，满座生春，我真有点怡然自得，“不知何处是家乡”了。

然而，正在此时，厨师却端上了一条活蹦乱跳的大鳞鱼来，鱼摇着尾巴，口一张一合，双鳍摆动，每一个鳞片都闪出了耀眼的珍珠似的白光。我立即大吃一惊，把眼睛瞪得圆而且大，眼里面的白内障还有什么结膜炎，仿佛一扫而空，又能洞见纤微，视芥子如须弥山了。我真不知道，我们这一群可敬可爱的延吉的老朋友主人，葫芦里想卖什么药。我的心忐忑直跳，不知如何是好。我以为还会有火锅之类的东西端上桌来。说不定厨师还会亲临前线，表演一下杀煮活鱼的神奇手段，好像古代匠人运斤成风。或者从制钱的小眼里把香油灌入瓶中。我屏住了呼吸，虔心以待。

可是主人却拿起了筷子，连声说：“请！请！”他是要我们下筷子吃鱼了。他似乎看出了我们的困惑，首先用筷子尖一扒拉，仿佛是一个魔术师似的，一整块连着鱼肉的鱼鳞被掀了起来，露出了鱼肉，粉红色的肉上横贯着一条深红的线。再一细看，鱼肉并非一个整体，而是已经被切成了鱼片。只需用筷子一拨，再一夹，一片生嫩——用广东话来说，应该是生猛吧——的鱼片就能纳入口中了。

我怎么办呢？我的心直跳，眼直瞪，手直颤，唇直抖。我行年八十，生平面临的考验，多如牛毛，而且五花八门，种类繁多。但是，今天这样的考验，我却还没有面临过而且连梦想也没有想到过。我鼓足了勇气，拿起了筷子，手哆里哆嗦地，把筷子伸向鱼身，拨出了一片鱼肉，正想往嘴里放时，鱼忽然把尾巴摇了摇，双鳍摆了摆，瞪大了眼睛，张开了嘴巴。这一切好像都是对着我来的。我的心跳动得更厉害了。我不能也不敢再把鱼片放回原处。眼睛一闭，狠心一下，硬是把鱼片塞进嘴内。鱼片究竟是什么滋味，大家可以自己想象了。

可是，好客的主人却偏偏要遵照当地人民的习惯，一定要把盛鱼的瓷盘改动位置，一定要让鱼头对准座上的主宾，就今天来说，当然就是我了。这真是火上加油，“屋漏偏遭连夜雨，船破又遇打头风”。我心情迷离，神志恍惚，怵然、悚然、怆然、怂然、悖然、惘然无所措手足，一下子沉入梦幻之中……

我听到这一条仅仅剩下头和尾巴的鱼最初是慢声细气地开口对我说话了：“你可知道，你们人是从鱼变来的吗？我们鱼类，本领也是异常惊人的。我们一条鱼一下子就能够下子成千上万；如果没有什么东西遏制我们，用不了多少时间，我们鱼就能够把世界上的江、河、湖、海统统填满。你们人有什么本领呢？不知道是你们走了什么后门，让造化小鬼把你们变成了人，我们则是千万年以来，毫不进化，仍然留在水里，当我们的鱼类。我们并没有闹情绪，找领导，闹而优则人。我们是正派的、正直的、乐天知命的。既然命定为鱼，我们就顺顺从从，任人宰割。我们自我感觉良好，从无非分之想，我们本来是鱼嘛！”

我毛骨悚然，屁股下面发热，有点坐不住了。我以为鱼已经把话说完了呢，然而不然。鱼摇了两下尾巴，张了张嘴，又说了起来："可你们人也真太损了，你们的花样也真太多了。你们在钩心斗角之余，把心思全用在吃上。德国人心眼稍微好一点，他们的法律不允许把活着的鱼带回家。日本人吃生鱼片，已经可以说花样翻新了。可是你们中国人呢，以这样一个聪明伟大的民族，早年奋发图强，对世界文化做出过卓越的贡献。后来就渐渐地劲头不够了，专门讲究吃喝，还美其名曰饮食文化。这也罢了，可你们把闹派系的本领也用到饮食上来。全国分成了京、鲁、川、粤、湘、苏等不知道多少菜系。这也罢了。可你们不知道从哪里来的一股劲，专跟我们鱼类干上了。哪一个菜系也不放过我们，而且还是煎、炸、煮、炒、涮、烹、腌、烤，弄得我们狼狈不堪，魂不守舍。最可怕的是四川的干烧，浑身是辣椒，辣得我们的魂儿都喘不过气来。这些你都知道吗？"

我喘了一口气，以为鱼的训话已经结束。正当我伸出筷子想夹住最后一片鱼片的时候，鱼的嘴张得更大了，声音也更提高了，又说了下去："在延吉这里，你们这些人不知道从哪里来了这样一股邪劲，非要让我们完全活着，神志完全清醒，把我们的鳞皮揭开，把我们身上正面反面的肉都切成一片一片的，再把鳞皮盖上，宛然是一条活而整的鱼，端到饭桌上来，先让你们这些外地来的乡巴佬，瞪大了眼睛，大大地吃上一惊，然后再怀着胆怯、兴奋、好奇而又愉快的心情，在主人的'请！请！请！'的催促下，一齐伸出了筷子。我瞪着眼，摇着尾巴，摆动双鳍，以示抗议，可我发不出声音。难道只有看到我眼瞪、尾摇、嘴巴张，你们咀嚼着我的肉才觉得香吗？你们这是一种什么心理呀！你要告诉我！否则，即使你把我的残骸做成了酸辣汤，我也是不能瞑目的！”

听着、听着，我完全吓呆了，我一句话也说不出来，而别人正吃风甚健，然而这一条鱼却不给我留一点情面，它穷追不舍，它喝道：

“你可是说话呀！”

“你可是说话呀！”

“你可是说话呀！”

我浑身觳觫，脸上流汗，双腿发抖，心里打鼓，茫然，困然，不知所措，我只有低头沉思，潜心默祷，又陷入了梦幻中：“鱼呀！你今生舍身饲人，广积阴德。涅槃之后，走入六道轮回，来生绝不会再托生成鱼，而定是转生成人。‘二十年后，又是一条好汉。’等我庆祝百岁诞辰时，一定再来延吉。那时，我请你吃饭，无论如何也不会再把你前生的同类活蹦乱跳地端到饭桌上来了。呜呼！今生休矣，来生可卜。阿门！拜拜！你安息吧！”

沉思完毕，心情怡悦，一下子走出了梦幻，跟着延吉的主人，走出饭店，汇入花花世界的人间，兴致盎然，欣赏我平生八十一年从未见过的延吉的风情。

1992年8月6日

辑三

神奇的丝瓜

神奇的丝瓜

今年春天，孩子们在房前空地上，斩草挖土，开辟出来了一个一丈见方的小花园。周围用竹竿扎了一个篱笆，移来了一棵玉兰花树，栽上了几株月季花，又在竹篱下面随意种上了几棵扁豆和两棵丝瓜。土壤并不肥沃，虽然也铺上了一层河泥，但估计不会起很大的作用，大家不过是玩玩而已。

过了不久，丝瓜竟然长了出来，而且日益茁壮、长大。这当然增加了我们的兴趣。但是我们也并没有过高的期望。我自己每天早晨工作疲倦了，常到屋旁的小土山上走一走，站一站，看看墙外马路上的车水马龙和亚运会招展的彩旗，顾而乐之，只不过顺便看一看丝瓜罢了。

丝瓜是普通的植物，我也并没有想到会有什么神奇之处。可是忽然有一天，我发现丝瓜秧爬出了篱笆，爬上了楼墙。以后，每天看丝瓜，总比前一天向楼上爬了一大段；最后竟从一楼爬上了二楼，又从二楼爬上了三楼。说它每天长出半尺，决非夸大之词。丝瓜的秧不过像细绳一般粗。如不注意，连它的根在什么地方，都找不到。这样细的一根秧竟能在一夜之间输送这样多的水分和养料，供应前方，使得上面的叶子长得又肥又绿，爬在灰白色的墙上，一片浓绿，给土墙增添了无量活力与生机。

这当然让我感到很惊奇，我的兴趣随之大大地提高。每天早晨看丝瓜成了我的主要任务，爬小山反而成为次要的了。我往往注视着细细的瓜秧和浓绿的瓜叶，陷入沉思，想得很远，很远……

又过了几天，丝瓜开出了黄花。再过几天，有的黄花就变成了小小的绿色的瓜。瓜越长越长，越长越大，重量当然也越来越增加，最初长出的那一个小瓜竟把瓜秧坠下来了一点，直挺挺地悬垂在空中，随风摇摆。我真是替它担心，生怕它经不住这一份重量，会整个地从楼上坠了下来落到地上。

然而不久就证明了，我这种担心是多余的。最初长出来的瓜不再长大，仿佛得到命令停止了生长。在上面，在三楼一位一百零二岁的老太太的窗台上，却长出来了两个瓜。这两个瓜后来居上，发疯似的猛长，不久就长成了小孩胳膊一般粗了。这两个瓜加起来恐怕有五六斤重，那一根细秧怎么能承担得住呢？我又担心起来。没过几天，事实又证明了我是杞人忧天。两个瓜不知从什么时候忽然弯了起来，把躯体放在老太太的窗台上，从下面看上去，活像两个粗大弯曲的绿色牛角。

不知道从哪一天起，我忽然又发现，在两个大瓜的下面，在二三楼之间，在一根细秧的顶端，又长出来了一个瓜，垂直地悬在那里。我又犯了担心病：这个瓜上面够不到窗台，下面也是空空的；总有一天，它越长越大，会把上面的两个大瓜也坠了下来，一起坠到地上，落叶归根，同它的根部聚合在一起。然而今天早晨，我却看到了奇迹。同往日一样，我习惯地抬头看瓜：下面最小的那一个早已停止生长，孤零零地悬在空中，似乎一点分量都没有；上面老太太窗台上那两个大的，似乎长得更大了，威武雄壮地压在窗台上；中间的那一个却不见了。我看看地上，没有看到掉下来的瓜。等我倒退几步抬头再看时，却看到那一个我认为失踪了的瓜，平着身子躺在抗震加固时筑上的紧靠楼墙凸出的一个台子上。这真让我大吃一惊。这样一个原来垂直悬在空中的瓜怎么忽然平身躺在那里了呢？这个凸出的台子无论是从上面还是从下面都是无法上去的，绝不会有人把丝瓜摆平的。

我百思不得其解，徘徊在丝瓜下面，像达摩老祖一样，面壁参禅。我仿佛觉得这棵丝瓜有了思想，它能考虑问题，而且还有行动，它能让无法承担重量的瓜停止生长；它能给处在有利地形的大瓜找到承担重量的地方，给这样的瓜特殊待遇，让它们疯狂地长；它能让悬垂的瓜平身躺下。如果不是这样的话，无论如何也无法解释我上面谈到的现象。但是，如果真是这样的话，又实在令人难以置信。丝瓜用什么来思想呢？丝瓜靠什么来指导自己的行动呢？上下数千年，纵横几万里，从来也没有人说过，丝瓜会有思想。我左考虑，右考虑，越考虑越糊涂。我无法同丝瓜对话，这是一个沉默的奇迹。瓜秧仿佛成了一根神秘的绳子，绿叶子照旧浓翠扑人眉宇。我站在丝瓜下面，陷入梦幻。而丝瓜则似乎心中有数，无言静观，它怡然泰然悠然坦然，仿佛含笑面对秋阳。

1990年10月9日

老猫

老猫虎子蜷曲在玻璃窗外窗台上一个角落里，缩着脖子，眯着眼睛，浑身一片寂寞、凄清、孤独、无助的神情。

外面正下着小雨，雨丝一缕一缕地向下飘落，像是珍珠帘子。时令虽已是初秋，但是隔着雨帘，还能看到紧靠窗子的小土山上丛草依然碧绿，毫无要变黄的样子。在万绿丛中赫然露出一朵鲜艳的红花。古诗“万绿丛中一点红”，大概就是这般光景吧。这一朵小花如火似燃，照亮了混茫的雨天。

我从小就喜爱小动物。同小动物在一起，别有一番滋味。它们天真无邪，率性而行；有吃抢吃，有喝抢喝；不会说谎，不会推诿；受到惩罚，忍痛挨打；一转眼间，照偷不误。同它们在一起，我心里感到怡然，坦然，安然，欣然。不像同人在一起那样，应对进退、谨小慎微，斟酌词句、保持距离，感到异常的别扭。

十四年前，我养的第一只猫，就是这个虎子。刚到我家来的时候，比老鼠大不了多少。蜷曲在窄狭的窗内窗台上，活动的空间好像富富有余。它并没有什么特点，仅只是一只最平常的狸猫，身上有虎皮斑纹，颜色不黑不黄，并不美观。但是异于常猫的地方也有，它有两只炯炯有神的眼睛，两眼一睁，还真虎虎有虎气，因此起名叫虎子。它脾气也确实暴烈如虎。它从来不怕任何人。谁要想打它，不管是用鸡毛掸子，还是用竹竿，它从不回避，而是向前进攻，声色俱厉。得罪过它的人，它永世不忘。我的外孙打过一次，从此结仇。只要他到我家来，隔着玻璃窗子，一见人影，它就做好准备，向前进攻，爪牙并举，吼声震耳。他没有办法，在家中走动都要手持竹竿，以防万一，否则寸步难行。有一次，一位老同志来看我，他显然是非常喜欢猫的。一见虎子，嘴里连声说着："我身上有猫味，猫不会咬我的。"他伸手想去抚摩它，可万万没有想到，我们虎子不懂什么猫味，回头就是一口。这位老同志大惊失色。总之，到了后来，虎子无人不咬，只有我们家三个主人除外，它的"咬声"颇能耸人听闻了。

但是，要说这就是虎子的全面，那也是不正确的。除了暴烈咬人以外，它还有另外一面，这就是温柔敦厚的一面。我举一个小例子。虎子来我们家以后的第三年，我又要了一只小猫。这是一只混种的波斯猫，浑身雪白，毛很长，但在额头上有一小片黑黄相间的花纹。我们家人管这只猫叫洋猫，起名咪咪；虎子则被尊为土猫。这只猫的脾气同虎子完全相反：胆小、怕人，从来没有咬过人。只有在外面跑的时候，才露出一点野性。它只要有机会溜出大门，但见它长毛尾巴一摆，像一溜烟似的立即蹿入小山的树丛中，半天不回家。这两只猫并没有血缘关系。但是，不知道是由于什么原因，一进门，虎子就把咪咪看作自己的亲生女儿。它自己本来没有什么奶，却坚决要给咪咪喂奶，把咪咪搂在怀里，让它咂自己的干奶头，它眯着眼睛，仿佛在享着天福。我在吃饭的时候，有时丢点鸡骨头、鱼刺，这等于猫们的燕窝、鱼翅。但是，虎子却只蹲在旁边，瞅着咪咪一只猫吃，从来不同它争食。有时还“喵噢”上两声，好像是在说：“吃吧，孩子！安安静静地吃吧！”有时候，不管是春夏还是秋冬，虎子会从西边的小山上逮一些小动物，麻雀、蚱蜢、蝉、蛐蛐之类，用嘴叼着，蹲在家门口，嘴里发出一种怪声。这是猫语，屋里的咪咪，不管是睡还是醒，耸耳一听，立即跑到门后，馋涎欲滴，等着吃母亲带来的佳肴，大快朵颐。我们家人看到这样母子亲爱的情景，都由衷地感动，一致把虎子称作“义猫”。有一年，小咪咪生了两个小猫。大概是初做母亲，没有经验，正如我们圣人所说的那样“未有学养子而后嫁者也”，人们能很快学会，而猫们则不行。咪咪丢下小猫不管，虎子却大忙特忙起来，觉不睡，饭不吃，日日夜夜把小猫搂在怀里。但小猫是要吃奶的，而奶正是虎子所缺的。于是小猫暴躁不安，虎子眉头一皱，计上心来，叼起小猫，到处追着咪咪，要它给小猫喂奶，还真像一个姥姥样子。但是小咪咪并不领情，依旧不给小猫喂奶。有几天的时间，虎子不吃不喝，瞪着两只闪闪发光的眼睛，嘴里叼着小猫，从这屋赶到那屋，一转眼又赶了回来。小猫大概真是受不了啦，便辞别了这个世界。我看了这一出猫家庭里的悲剧又是喜剧，实在是爱莫能助，惋惜了很久。

我同虎子和咪咪都有深厚的感情。每天晚上，它们俩抢着到我床上去睡觉。在冬天，我在棉被上面特别铺上了一块布，供它们躺卧。我有时候半夜里醒来，神志一清醒，觉得有什么东西重重地压在我身上，一股暖气仿佛透过了两层棉被，扑到我的双腿上。我知道，小猫睡得正香，即使我的双腿由于僵卧时间过久，又酸又痛，但我总是强忍着，绝不动一动双腿，免得惊了小猫的轻梦。它此时也许正梦着捉住了一只耗子，只要我的腿一动，它这耗子就吃不成了，岂非大煞风景吗？这样过了几年，小咪咪大概有八九岁了。虎子比它大三岁，十一二岁的光景，依然威风凛凛，脾气暴烈如故，见人就咬，大有死不改悔的神气。而小咪咪则出我意料地露出了下世的光景。常常到处小便，桌子上，椅子上，沙发上，无处不便。如果到医院里去检查的话，大夫在列举的病情中一定会有一条的：小便失禁。最让我心烦的是，它偏偏看上了我桌子上的稿纸。我正写着什么文章，然而它却根本不管这一套，跳上去，屁股往下一蹲，一泡猫尿撒在上面，还闪着微弱的光。说我不急，那不是真的。我心里真急，但是，我谨遵我的一条戒律：绝不打小猫一掌，在任何情况之下，也不打它。此时，我赶快把稿纸拿起来，抖掉了上面的猫尿，等它自己干。心里又好气，又好笑，真是哭笑不得。家人对我的嘲笑，我置若罔闻，“只当秋风过耳边”。

我不信任何宗教，也不皈依任何神灵。但是，此时我却有点想迷信一下。我期望会有奇迹出现，让咪咪的病情好转。可世界上是没有什么奇迹的，咪咪的病一天一天地严重起来。它不想回家，喜欢在房外荷塘边上石头缝里待着，或者藏在小山的树木丛里。它再也不在夜里睡在我的被子上了。每当我半夜里醒来，觉得棉被上轻飘飘的，我惘然若有所失，甚至有点悲伤了。我每天凌晨起来，第一件事情就是拿着手电到房外塘边山上去找咪咪。它浑身雪白，是很容易找到的。在薄暗中，我眼前白白地一闪，我就知道是咪咪。

见了我，“喵噢”一声，起身向我走来。我把它抱回家，给它东西吃，它似乎根本没有胃口。我看了直想流泪。有一次，我拖着疲惫的身子，走几里路，到海淀的肉店里去买猪肝和牛肉。拿回来，喂给咪咪，它一闻，似乎有点想吃的样子；但肉一沾唇，它立即又把头缩回去，闭上眼睛，不闻不问了。

有一天傍晚，我看咪咪神情很不妙，我预感要发生什么事情。我唤它，它不肯进屋。我把它抱到篱笆以内，窗台下面。我端来两只碗，一只盛吃的，一只盛水。我拍了拍它的脑袋，它偎依着我，“喵噢”叫了两声，便闭上了眼睛。我放心进屋睡觉。第二天凌晨，我一睁眼，三步并作一步，手里拿着手电，到外面去看。哎呀不好！两碗全在，猫影顿杳。我心里非常难过，说不出是什么滋味。我手持手电找遍了塘边，山上，树后，草丛，深沟，石缝。有时候，眼前白光一闪。“是咪咪！”我狂喜。走近一看，是一张白纸。我嗒然若丧，心头仿佛被挖掉了点什么。“屋前屋后搜之遍，几处茫茫皆不见。”从此我就失掉了咪咪，它从我的生命中消逝了，永远永远地消逝了。我简直像是失掉了一个好友，一个亲人。至今回想起来，我内心里还颤抖不止。

在我心情最沉重的时候，有一些通达世事的好心人告诉我，猫们有一种特殊的本领，能知道自己什么时候寿终。到了此时此刻，它们绝不待在主人家里，让主人看到死猫，感到心烦，或感到悲伤。它们总是逃了出去，到一个最僻静、最难找的角落里，地沟里，山洞里，树丛里，等候最后时刻的到来。因此，养猫的人大都在家里看不见死猫的尸体。只要自己的猫老了，病了，出去几天不回来，他们就知道，它已经离开了人世，不让举行遗体告别的仪式，永远永远不再回来了。

我听了以后，憬然若有所悟。我不是哲学家，也不是宗教家，但却读过不少哲学家和宗教家谈论生死大事的文章。这些文章多半有非常精辟的见解，闪耀着智慧的光芒，我也想努力从中学习一些有关生死的真理，结果却是毫无所得。那些文章中，除了说教以外，几乎没有什么有用的东西。大半都是老生常谈，不能解决什么实际问题，没能给我留下深刻的印象。现在看来，倒是猫们临终时的所作所为，即使仅仅是出于本能吧，却给了我很大的启发。人们难道就不应该向猫们学习这一点经验吗？有生必有死，这是自然规律，谁都逃不过。中国历史上赫赫有名的人物，秦皇、汉武，还有唐宗，想方设法，千方百计，想求得长生不老。到头来仍然是竹篮子打水一场空，只落得黄土一抔，“西风残照，汉家陵阙”。我辈平民百姓又何必煞费苦心呢？一个人早死几个小时，或者晚死几个小时，甚至几天，实在是无所谓的小事，绝影响不了地球的转动，社会的前进。再退一步想，现在有些思想开明的人士，不想长生不死，不想在大地上再留黄土一抔；甚至开明到不要遗体告别，不要开追悼会。但是仍会给后人留下一些麻烦：登报，发讣告，还要打电话四处通知，总得忙上一阵。何不学一学猫们呢？它们这样处理生死大事，干得何等干净利索呀！一点痕迹也不留，走了，走了，永远地走了，让这花花世界的人们不见猫尸，用不着落泪，照旧做着花花世界的梦。

我忽然联想到我多次看过的敦煌壁画上的西方净土。所谓“净土”，指的就是我们常说的天堂、乐园，是许多宗教信徒烧香念佛，查经祷告，甚至实行苦行，折磨自己，梦寐以求想到达的地方。据说在那里可以享受天福，得到人世间万万得不到的快乐。我看了壁画上画的房子、街道、树木、花草，以及大人、小孩，林林总总，觉得十分热闹。可我觉得没有什么出奇之处。只有一件事给我留下了永不磨灭的印象，那就是，那里的人们都是笑口常开，没有一个人愁眉苦脸，他们的日子大概过得都很惬意。不像在我们人间有这样许多不如意的事情，有时候办点事，还要找后门，钻空子。在他们的商店里——净土里面还实行市场经济吗？他们还用得着商店吗？——售货员大概都很和气，不给人白眼，不训斥“上帝”，不扎堆闲侃，不给人钉子碰。这样的天堂乐园，我也真是心向往之的。但是给我印象最深，使我最为吃惊或者羡慕的还是他们对待要死的人的态度。那里的人，大概同人世间的猫们差不多，能预先知道自己寿终的时刻。到了此时，要死的老嬷嬷或者老头，健步如飞地走在前面，身后簇拥着自己的子子孙孙、至亲好友，个个喜笑颜开，全无悲戚的神态，仿佛是去参加什么喜事一般，一直把老人送进坟墓。后事如何，壁画不是电影，是不能动的。然而画到这个程序，以后的事尽在不言中。如果一定要画上填土封坟，反而似乎是多此一举了。我觉得，净土中的人们给我们人类争了光。他们这一手比猫们又漂亮多了。知道必死，而又兴高采烈，多么豁达！多么聪明！猫们能做得到吗？这证明，净土里的人们真正参透了人生奥秘，真正参透了自然规律。人为万物之灵，他们为我们人类在同猫们对比之下真真增了光！真不愧是净土！

上面我胡思乱想得太远了，还是回到我们人世间来吧。我坦白承认，我对人生的奥秘参透得还不够，我对自然规律参透得也还不够。我仍然十分怀念我的咪咪。我心里仿佛有一个空白，非填起来不行。我一定要找一只同咪咪一模一样的白色波斯猫。后来果然朋友又送来了一只，浑身长毛，洁白如雪，两只眼睛全是绿的，亮晶晶像两块绿宝石。为了纪念死去的咪咪，我仍然为它命名“咪咪”，见了它，就像见到老咪咪一样。过了大约又有一年的光景，友人又送了我一只据说是纯种的波斯猫，两只眼睛颜色不同，一黄一蓝。在太阳光下，黄的特别黄，蓝的特别蓝，像两颗黄蓝宝石，闪闪发光，竞妍争艳。这只猫特别调皮，简直是胆大无边，然而也因此就更特别可爱。这一下子又忙坏了虎子，它认为这两只小猫都是自己的亲生女儿，硬逼着它们吮吸自己那干瘪的奶头。只要它走出去，不知在什么地方弄到了小鸟、蚱蜢之类，就带回家来，给两只小猫吃。好久没有听到的“喵噢”唤小猫的声音，现在又听到了。我心里漾起了一丝丝甜意。这大大地减轻了我对老咪咪的怀念。

可是岁月不饶人，也不会饶猫的。这一只“土猫”虎子已经活到了十四岁。据通达世情的人们说，猫的十四岁，就等于人的八九十岁。这样一来，我自己不是成了虎子的同龄“人”了吗？这个虎子却也真怪，有时候颇现出一些老相。两只炯炯有神的眼睛里忽然被一层薄膜蒙了起来。嘴里流出了哈喇子，胡子上都沾得亮晶晶的。不大想往屋里来，日日夜夜趴在阳台的蜂窝煤堆上，不吃，不喝。我有了老咪咪的经验，知道它快不行了。我也跑到海淀，去买来牛肉和猪肝，想让它不要饿着肚子离开这个世界。我随时准备着：第二天早晨一睁眼，虎子不见了。结果虎子并没有这样干。我天天凌晨第一件事就是来看虎子；隔着窗子，依然黑乎乎的一团，卧在那里，我心里感到安慰。有时候，它也起来走动。我在本文开头时写的就是去年深秋一个下雨天我隔窗看到的虎子的情况。

到了今天，半年又过去了。虎子不但没有走，而且顽健胜昔，仍然是天天出去。有时候在晚上，窗外的布帘子的一角蓦地被掀了起来，一个丑角似的三花脸一闪。我便知道，这是虎子回来了，连忙开门，放它进来。大概同某些老年人一样——不是所有的老年人——到了暮年就改恶向善，虎子的脾气大大地改变了。几乎再也不咬人了。我早晨摸黑起床，写作看书累了，常常到门外湖边山下去走一走。此时，我冷不防脚下忽然踢着了一团软乎乎的东西。这是虎子，它在夜里不知道在什么地方待了一夜，现在看到了我，一下子蹿了出来，用身子蹭我的腿，在我身前和身后转悠。它跟着我，亦步亦趋，我走到哪里，它就跟到哪里，寸步不离。我有时故意爬上小山，以为它不会跟来了，然而一回头，虎子正跟在身后。猫是从来不跟人散步的，只有狗才这样干。有时候碰到过路的人，他们见了这情景，都大为吃惊。“你看猫跟着主人散步哩！”他们说，露出满脸惊奇的神色。最近一个时期，虎子似乎更精力旺盛了，它返老还童了。有时候竟带一个它重孙辈的小公猫到我们家阳台上来。“今夜我们相识。”虎子用不着介绍就相识了。看样子，虎子一去不复返的日子遥遥无期了。我成了拥有三只猫的家庭的主人。

我养了十几年猫，前后共有四只。猫们向人们学习什么，我不通猫语，无法询问。我作为一个人却确实向猫学习了一些有用的东西。上面讲过的处理死亡的办法，就是一个例子。我自己毕竟年纪已经很大了，常常想到死的问题。鲁迅五十多岁就想到了，我真是瞠乎后矣。人生必有死，这是无法抗御的。而且我还认为，死也是好事情。如果世界上的人都不死，连我们的轩辕老祖和孔老夫子今天依然峨冠博带，坐着奔驰车，到天安门去遛弯，你想人类世界会成一个什么样子！人是百代的过客，总是要走过去的，这绝不会影响地球的转动和人类社会的进步。每一代人都只是一场没有终点的长途接力赛的一环。前不见古人，后不见来者，是宇宙常规。人老了要死，像在净土里那样，应该算是一件喜事。老人跑完了自己的一棒，把棒交给后人，自己要休息了，这是正常的。不管快慢，他们总算跑完了一棒，总算对人类的进步做出了贡献，总算尽上了自己的天职。年老了要退休，这是身体精神状况所决定的，不是哪个人能改变的。老人们会不会感到寂寞呢？我认为，会的。但是我却觉得，这寂寞是顺乎自然的，从伦理的高度来看，甚至是应该的。我始终主张，老年人应该为青年人活着，而不是相反。青年人有接力棒在手，世界是他们的，未来是他们的，希望是他们的。吾辈老年人的天职是尽上自己仅存的精力，帮助他们前进，必要时要躺在地上，让他们踏着自己的躯体前进，前进。如果由于害怕寂寞而学习《红楼梦》里的贾母，让一家人都围着自己转，这不但是办不到的，而且从人类前途利益来看是犯罪的行为。我说这些话，也许有人怀疑，我是不是碰到了什么不如意的事，才说出这样令某些人骇怪的话来。不，不，绝不。我现在身体顽健，家庭和睦，在社会上广有朋友，每天照样读书、写作、会客、开会不辍。我没有不如意的事情，也没有感到寂寞。不过自己毕竟已逾耄耋之年，面前的路有限了，不免有时候胡思乱想。而且，我同猫们相处久了，觉得它们有些东西确实值得我们学习，我们这些万物之灵应该屈尊一下，学习学习。即使只学到猫们处理死亡大事这一手，我们社会上会减少多少麻烦呀！

“那么，你是不是准备学习呢？”我仿佛听到有人这样质问了。是的，我心里是想学习的。不过也还有些困难。我没有猫的本能，我不知道自己的大限何时来到。而且我还有点担心，如果我真正学习了猫，有一天忽然偷偷地溜出了家门，到一个旮旯里、树丛里、山洞里、河沟里，一头钻进去，藏了起来，这样一来，我们人类社会可不像猫社会那样平静，有些人必然认为这是特大新闻，指手画脚，喊喊喳喳。如果是在旧社会里或者在今天的香港等地的话，这必将成为头版头条的爆炸性新闻，不亚于当年的杨乃武和小白菜。我的亲属和朋友也必将派人出去寻找，派的人也许比寻找彭加木的人还要多。这是多么可怕的事呀！因此我就迟疑起来。至于最后究竟何去何从？我正在考虑、推敲、研究。

1992年8月30日

清塘荷韵

楼前有清塘数亩。记得三十多年前初搬来时，池塘里好像是有荷花的，我的记忆里还残留着一些绿叶红花的碎影。后来时移事迁，岁月流逝，池塘里却变得“半亩方塘一鉴开，天光云影共徘徊”，再也不见什么荷花了。

我脑袋里保留的旧的思想意识颇多，每一次望到空荡荡的池塘，总觉得好像缺点什么。这不符合我的审美观念。有池塘就应当有点绿的东西，哪怕是芦苇呢，也比什么都没有强。最好的最理想的当然是荷花。中国旧的诗文中，描写荷花的简直是太多太多了。周敦颐的《爱莲说》，读书人不知道的恐怕是绝无仅有的。他那一句有名的“香远益清”是脍炙人口的。几乎可以说，中国没有人不爱荷花的。可我们楼前池塘中独独缺少荷花。每次看到或想到，总觉得是一块心病。

有人从湖北来，带来了洪湖的几颗莲子，外壳呈黑色，极硬。据说，如果埋在淤泥中，能够千年不烂。因此，我用铁锤在莲子上砸开了一条缝，让莲芽能够破壳而出，不至永远埋在泥中。这都是一些主观的愿望，莲芽能不能够出，都是极大的未知数。反正我总算是尽了人事，把五六颗敲破的莲子投入池塘中，下面就是听天命了。

这样一来，我每天就多了一件工作：到池塘边上去看上几次。心里总是希望，忽然有一天，“小荷才露尖尖角”，有翠绿的莲叶长出水面。可是，事与愿违，投下去的第一年，一直到秋凉落叶，水面上也没有出现什么东西。经过了寂寞的冬天，到了第二年，春水盈塘，绿柳垂丝，一片旖旎的风光。可是，我翘盼的水面上却仍然没有露出什么荷叶。此时我已经完全灰了心，以为那几颗湖北带来的硬壳莲子，由于人力无法解释的原因，大概不会再有长出荷花的希望了。我的目光无法把荷叶从淤泥中吸出。

但是到了第三年，却忽然出了奇迹。有一天，我忽然发现，在我投莲子的地方长出了几个圆圆的绿叶，虽然颜色极惹人喜爱，但是却细弱单薄，可怜兮兮地平卧在水面上，像水浮莲的叶子一样。而且最初只长出了五六个叶片。我总嫌这有点太少，总希望多长出几片来。于是，我盼星星，盼月亮，天天到池塘边上去观望。有校外的农民来捞水草，我总请求他们手下留情，不要碰断叶片。但是经过了漫漫的长夏，凄清的秋天又降临人间，池塘里浮动的仍然只是孤零零的那五六个叶片。对我来说，这又是一个虽微有希望但究竟仍令人灰心的一年。

真正的奇迹出现在第四年上。严冬一过，池塘里又溢满了春水。到了一般荷花长叶的时候，在去年漂浮着五六个叶片的地方，一夜之间，突然长出了一大片绿叶，而且看来荷花在严冬的冰下并没有停止行动，因为在离开原有五六个叶片的那块基地比较远的池塘中心，也长出了叶片。叶片扩张的速度，扩张范围的扩大，都是惊人地快。几天之内，池塘内不小一部分，已经全为绿叶所覆盖。而且原来平卧在水面上的像是水浮莲一样的叶片，不知道是从哪里聚集来了力量，有一些竟然跃出了水面，长成了亭亭的荷叶。原来我心中还迟迟疑疑，怕池中长的是水浮莲，而不是真正的荷花。这样一来，我心中的疑云一扫而光：池塘中生长的真正是洪湖莲花的子孙了。我心中狂喜，这几年总算是没有白等。

天地萌生万物，对包括人在内的动植物等有生命的东西，总是赋予一种极其惊人的求生存的力量和极其惊人的扩展蔓延的力量，这种力量大到无法抗御。只要你肯费力来观摩一下，就必然会承认这一点。现在摆在我面前的就是我楼前池塘里的荷花。自从几个勇敢的叶片跃出水面以后，许多叶片接踵而至。一夜之间，就出来了几十枝，而且迅速地扩散、蔓延。不到十几天的工夫，荷叶已经蔓延得遮蔽了半个池塘。从我撒种的地方出发，向东西南北四面扩展。我无法知道，荷花是怎样在深水中淤泥里走动。反正从露出水面荷叶来看，每天至少要走半尺的距离，才能形成眼前这个局面。

光长荷叶，当然是不能满足的。荷花接踵而至，而且据了解荷花的行家说，我门前池塘里的荷花，同燕园其他池塘里的，都不一样。其他地方的荷花，颜色浅红；而我这里的荷花，不但红色浓，而且花瓣多，每一朵花能开出十六个复瓣，看上去当然就与众不同了。这些红艳耀目的荷花，高高地凌驾于莲叶之上，迎风弄姿，似乎在睥睨一切。幼时读旧诗："毕竟西湖六月中，风光不与四时同。接天莲叶无穷碧，映日荷花别样红。"爱其诗句之美，深恨没有能亲自到杭州西湖去欣赏一番。现在我门前池塘中呈现的就是那一派西湖景象。是我把西湖从杭州搬到燕园里来了。岂不大快人意也哉！前几年才搬到朗润园来的周一良先生赐名为“季荷”。我觉得很有趣，又非常感激。难道我这个人将以荷而传吗?

前年和去年，每当夏月塘荷盛开时，我每天至少有几次徘徊在塘边，坐在石头上，静静地吸吮荷花和荷叶的清香。“蝉噪林逾静，鸟鸣山更幽”，我确实觉得四周静得很。我在一片寂静中，默默地坐在那里，水面上看到的是荷花绿肥、红肥。倒影映入水中，风乍起，一片莲瓣堕入水中，它从上面向下落，水中的倒影却是从下边向上落，最后一接触到水面，二者合为一，像小船似的漂在那里。我曾在某一本诗话上读到两句诗：“池花对影落，沙鸟带声飞。”作者深惜第二句对仗不工。这也难怪，像“池花对影落”这样的境界究竟有几个人能参悟透呢?

晚上，我们一家人也常常坐在塘边石头上纳凉。有一夜，天空中的月亮又明又亮，把一片银光洒在荷花上。我忽听扑通一声。是我的小白波斯猫毛毛扑入水中，它大概是认为水中有白玉盘，想扑上去抓住。它一入水，大概就觉得不对头，连忙矫捷地回到岸上，把月亮的倒影打得支离破碎，好久才恢复了原形。

今年夏天，天气异常闷热，而荷花则开得特欢。绿盖擎天，红花映日，把一个不算小的池塘塞得满而又满，几乎连水面都看不到了。一个喜爱荷花的邻居，天天兴致勃勃地数荷花的朵数。今天告诉我，有四五百朵；明天又告诉我，有六七百朵。但是，我虽然知道他为人细致，却不相信他真能数出确实的朵数。在荷叶底下，石头缝里，旮旮旯旯，不知还隐藏着多少菁葖儿，都是在岸边难以看到的。粗略估计，今年大概开了将近一千朵。真可以算是洋洋大观了。

连日来，天气突然变寒，好像是一下子从夏天转入秋天。池塘里的荷叶虽然仍然是绿油一片，但是看来变成残荷之日也不会太远了。再过一两个月，池水一结冰，连残荷也将消逝得无影无踪。那时荷花大概会在冰下冬眠，做着春天的梦。它们的梦一定能够圆的。“既然冬天到了，春天还会远吗？”

我为我的“季荷”祝福。

1997年9月16日中秋节

加德满都的狗

我小时候住在农村，终日与狗为伍，一点也没有感觉到狗这种东西有什么稀奇的地方。但是狗却给我留下了极其深刻的印象。我母亲逝世以后，故乡的家中已经空无一人。她养的一条狗——连它的颜色，我现在都回忆不清楚了——却仍然日日夜夜卧在我家门口，守着不走。女主人已经离开人世，再没有人喂它了。它好像已经意识到这一点，但是它却坚决宁愿忍饥挨饿，也绝不离开我们那破烂的家门口。黄昏时分，我形单影只从村内走回家，屋子里摆着母亲的棺材，门口卧着这一只失去了主人的狗，泪眼汪汪地望着我这个失去了慈母的孩子，有气无力地摇摆着尾巴，嗅我的脚。茫茫宇宙，好像只剩下这只狗和我。此情此景，我连泪都流不出来了，我流的是血，而这血还是流向我自己的心中。我本来应该同这只狗相依为命，互相安慰。但是，我必须离开故乡，我又无法把它带走。离别时，我流着泪紧紧地搂住了它，我遗弃了它，真正受到良心的谴责。几十年来，我经常想到这一只狗，直到今天，我一想到它，还会不自主地流下眼泪。我相信，我离开家以后，它也绝不会离开我家的门口。它的结局，我简直不忍想下去了。母亲有灵，会从这一只狗身上得到我这个儿子无法给她的慰藉吧。

从此，我爱天下一切狗。

但是我迁居大城市以后，看到的狗渐渐少了。最近多少年以来，北京根本不许养狗，狗简直成了稀有动物，只有到动物园里才能欣赏了。

我万万没有想到，我到了加德满都以后，一下飞机，在机场受到热情友好的接待，汽车一驶离机场，驶入市内，在不算太宽敞的马路两旁就看到了大狗、小狗、黑狗、黄狗，在一群衣履比较随便的小孩子中间，摇尾乞食，低头觅食。

这是一件小事，却使我喜出望外：久未晤面的亲爱的狗竟在万里之外的异域会面了。

狗们大概完全不理解我的心情，它们大概连辨别本国人和外国人的本领还没有学到。我这里一往情深，它们却漠然无动于衷，只是在那里摇尾低头，到处嗅着，想找到点什么东西吃吃。

晚上，我们从中国大使馆回旅馆的时候，天已经完全黑了。加德满都的大街上，电灯不算太多，霓虹灯的数目更少一些。我在阴影中又隐隐约约地看到了大狗、小狗、黑狗、黄狗，在那里到处嗅着。回到旅馆，在沐浴后上床的时候，从远处的黑暗中传来了阵阵的犬吠声。古人说，深夜犬吠若豹。我现在听到的不是吠声若豹，而是吠声若犬。这事当然并不稀奇。可这并不稀奇的若犬的犬吠声却给我带来了无尽的甜蜜的回忆。这甜蜜的犬吠声一直把我送入我在加德满都过的第一夜的梦中。

1986年11月25日凌晨于苏尔提宾馆

夹竹桃

夹竹桃不是名贵的花，也不是最美丽的花；但是，对我说来，它却是最值得留恋最值得回忆的花。

不知道由于什么缘故，也不知道从什么时候起，在我故乡的那个城市里，几乎家家都种上几盆夹竹桃，而且都摆在大门内影壁墙下，正对着大门口。客人一走进大门，扑鼻的是一阵幽香，入目的是绿蜡似的叶子和红霞或白雪似的花朵，立刻就感觉到仿佛走进自己的家门口，大有宾至如归之感了。

我们家的大门内也有两盆，一盆红色的，一盆白色的。我小的时候，天天都要从这下面走出走进。红色的花朵让我想到火，白色的花朵让我想到雪。火与雪是不相容的；但是，这两盆花却融洽地开在一起，宛如火上有雪，或雪上有火。我顾而乐之，小小的心灵里觉得十分奇妙，十分有趣。

只有一墙之隔，转过影壁，就是院子。我们家里一向是喜欢花的，虽然没有什么非常名贵的花，但是常见的花却是应有尽有。每年春天，迎春花首先开出黄色的小花，报告春的消息。以后接着来的是桃花、杏花、海棠、榆叶梅、丁香等，院子里开得花团锦簇。到了夏天，更是满院葳蕤。凤仙花、石竹花、鸡冠花、五色梅、江西腊等，五彩缤纷，美不胜收。夜来香的香气熏透了整个的夏夜的庭院，是我什么时候也不会忘记的。一到秋天，玉簪花带来凄清的寒意，菊花报告花事的结束。总之，一年三季，花开花落，没有间歇，情景虽美，变化亦多。

然而，在一墙之隔的大门内，夹竹桃却在那里静悄悄地一声不响，一朵花败了，又开出一朵；一嘟噜花黄了，又长出一嘟噜；在和煦的春风里，在盛夏的暴雨里，在深秋的清冷里，看不出什么特别茂盛的时候，也看不出什么特别衰败的时候，无日不迎风弄姿，从春天一直到秋天，从迎春花一直到玉簪花和菊花，无不奉陪。这一点韧性，同院子里那些花比起来，不是形成一个强烈的对照吗？

但是夹竹桃的妙处还不止于此。我特别喜欢月光下的夹竹桃。你站在它下面，花朵是一团模糊，但是香气却毫不含糊，浓浓烈烈地从花枝上袭了下来。它把影子投到墙上，叶影参差，花影迷离，可以引起我许多幻想。我幻想它是地图，它居然就是地图了。这一堆影子是亚洲，那一堆影子是非洲，中间空白的地方是大海。碰巧有几只小虫子爬过，这就是远渡重洋的海轮。我幻想它是水中的荇藻，我眼前就真的展现出一个小池塘。夜蛾飞过映在墙上的影子就是游鱼。我幻想它是一幅墨竹，我就真看到一幅画。微风乍起，叶影吹动，这一幅画竟变成活画了。

有这样的韧性，能这样引起我的幻想，我爱上了夹竹桃。

好多好多年，我就在这样的夹竹桃下面走出走进。最初我的个儿矮，必须仰头才能看到花朵。后来，我逐渐长高了，夹竹桃在我眼中也就逐渐矮了起来。等到我眼睛平视就可以看到花的时候，我离开了家。

我离开了家，过了许多年，走过许多地方。我曾在不同的地方看到过夹竹桃，但是都没有留下深刻的印象。

两年前，我访问了缅甸。在仰光开过几天会以后，缅甸的朋友们热情地陪我们到缅甸北部古都蒲甘去游览。这地方以佛塔著名，有“万塔之城”的称号。据说，当年确有万塔。到了今天，数目虽然没有那样多了，但是，纵目四望，嶙嶙峋峋，群塔簇天，一个个从地里涌出，宛如阳朔群山，又像是云南的石林，用“雨后春笋”这一句老话，差堪比拟。虽然花草树木都还是绿的，但是时令究竟是冬天了，一片萧瑟荒寒气象。

然而就在这地方，在我们住的大楼前，我却意外地发现了老朋友夹竹桃。一株株都跟一层楼差不多高，以至我最初竟没有认出它们来。花色比国内的要多，除了红色的和白色的以外，记得还有黄色的。叶子比我以前看到的更绿得像绿蜡，花朵开在高高的枝头，更像片片的红霞、团团的白雪、朵朵的黄云。苍郁繁茂，浓翠逼人，同荒寒的古城形成了强烈的对比。

我每天就在这样的夹竹桃下走出走进。晚上同缅甸朋友们在楼上凭栏闲眺，畅谈各种各样的问题，谈蒲甘的历史，谈中缅文化交流，谈中缅两国人民的胞波友谊。在这时候，远处的古塔渐渐隐入暮霭中，近处的几个古塔却给电灯照得通明，望之如灵山幻境。我伸手到栏外，就可以抓到夹竹桃的顶枝。花香也一阵一阵地从下面飘上楼来，仿佛把中缅友谊熏得更加芬芳。

就这样，在对于夹竹桃的婉美动人的回忆里，又涂上了一层绚烂夺目的中缅人民友谊的色彩。我从此更爱夹竹桃。

1962年10月17日

兔子

不记得是什么时候，大概总在我们全家刚从一条满铺了石头的古旧的街的北头搬到南头以后，我有了三只兔子。

说起兔子，我从小就喜欢的。在故乡的时候，同村的许多家里都养着一窝兔子。在地上掘一个井似的圆洞，不深，在洞底又有向旁边通的小洞。兔子就住在里面。不知为什么，我们却总不记得家里有过这样的洞。每次随了大人往别的养兔子的家里去玩的时候，大人们正在扯不断拉不断絮絮地谈得高兴的当儿，我总是放轻了脚步走到洞口，偷偷地向里瞧——兔子正在小洞外面徘徊着呢。有黑白花的，有纯黑的。我顶喜欢纯白的，因为眼睛红亮得好看。透亮的长耳朵左右摇摆着。嘴也仿佛战栗似的颤动着，在嚼着菜根什么的。蓦地看见人影，都迅速地跑进小洞去了，像一溜溜的白色黑色的烟。倘若再伏下身子去看，在小洞的薄暗里，便只看见一对对的莹透的宝石似的眼睛了。

在我走出了童年以前的某一个春天，记得是刚过了年，因为一种机缘的凑巧，我离开故乡，到一个以湖山著名的都市里去。从栉比的高的楼房的空隙里，我只看到一线蓝蓝的天，这哪里像故乡里锅似的覆盖着的天呢？我看不到远远的笼罩着一层轻雾的树。我看不到天边上飘动的水似的云烟。我嗅不到土的气息。我仿佛住在灰之国里。终日里，我只听到闹嚷嚷的车马的声音。在半夜里，还有小贩的叫声从远处的小巷里飘了过来。我是地之子，我渴望着再回到大地的怀里去。当时，小小的心灵也会感到空漠的悲哀吧。但是，最使我不能忘怀的，占据了我的整个的心的，却还是有着宝石似的眼睛的故乡里的兔子。

也不记得是几年以后了，总之是在秋天，叔父从望口山回家来，仆人挑了一担东西。上面是用蒲包装的有名的肥桃，下面有一个木笼。我正怀疑木笼里会装些什么东西，仆人已经把木笼举到我的眼前了——战栗似的颤动着的嘴，透亮的长长的耳朵，红亮的宝石似的眼睛……这不正是我梦寐渴望的兔子吗？记得他临到望口山去的时候，我曾向他说过，要他带几个兔子回来。当时也不过随意一说，现在居然真带来了。这仿佛把我拉回了故乡里去。我是怎么狂喜呢？笼里一共有三只：一只大的，黑色，像母亲；两只小的，白色。我立刻舍弃了美味的肥桃，东跑西跑，忙着找白菜，找豆芽，喂它们。我又替它们张罗住处，最后就定住在我的床下。

童年在故乡里的时候，伏在别人的洞口上，羡慕人家的兔子，现在居然也有三只在我的床下了。对我，这简直比童话还不可信。最初，才从笼里放出来的时候，立刻就有猫挤上来。兔子仿佛很胆怯，伏在地上，不敢动。耳朵紧贴在头上，只有嘴颤动得更厉害。把猫赶走了，才慢慢地试着跑。我一转眼，大的早领着两只小的躲在花盆后面了。再一转眼，早又跑到床下面去了。有了兔子以后的第一个夜里，我躺在床上，辗转着睡不沉，听兔子在床下嚼着豆芽的声音，我仿佛浮在云堆里。已经忘记了做过些什么样的梦了。

就这样，我的床下面便凭空添了三个小生命。每当我坐在靠窗的一张桌子的旁边读书的时候，兔子便偷偷地从床下面踱出来，没有一点声音。我从书页上面屏息地看着它们。——先是大的一探头，又缩回去；再一探头，走出来了，一溜黑烟似的。紧随着的是两只小的，都白得像一团雪，眼睛红亮，像——我简直说不出像什么。像玛瑙吗？比玛瑙还光莹。就用这小小的红亮的眼睛四面看着，走到从花盆里垂出的拂着地的草叶下面，嘴战栗似的颤动几下，停一停，走到书架旁边；嘴战栗似的颤动几下，停一停，走到小凳下面；嘴战栗似的颤动几下，停一停，忽然我觉得有软茸茸的东西靠上了我的脚了。我知道是小兔正伏在我的脚下。我忍耐着不敢动。不知怎的，腿忽然一抽。我再看时，一溜黑烟，两溜白烟，兔子都藏到床下面去。伏下身子去看，在床下面暗黑的角隅里，便只看见莹透的宝石似的一对对的眼睛了。

是秋天，前面已经说过，我住的屋的窗外有一棵海棠树。以前常听人说，兔子是顶孱弱的，猫对它便是个大的威胁。在兔子没来我床下面住以前，屋里也常有猫的踪迹。门关严了的时候，这棵海棠树就成了猫来我屋里的路。自从有了兔子以后，在冷寂的秋的长夜里，我常常无所谓地蓦地醒转来。——窗外风吹着落叶，窸窣地响，我疑心是猫从海棠树上爬上了窗子。连绵的夜雨击着落叶，窸窣地响，我又疑心是猫爬上了窗子。我静静地等着，不见有猫进来。低头看时，兔子正在地上来回地跑着，在微明的灯光里，更像一溜溜的黑烟和白烟了，眼睛也更红亮得像宝石了。当我正要蒙眬睡去的时候，恍惚听到“咪”的一声，看窗子上破了一个洞的地方，正有两颗灯似的眼睛向里瞅着。

第二天早晨起来，第一件要做的事情，就是伏下头去看，兔子丢了没有。看到两个小兔两团白絮似的偎在大的身旁熟睡的时候，心里仿佛得到点安慰。过了一会，再回到屋里来读书的时候，又可以看到它们在脚下来回地跑了。其实并没有什么声息，屋里总仿佛充满了生气与欢腾似的。周围的空气，也软浓浓地变得甜美了。兔子也渐渐不胆怯起来，看见我也不很躲避了。第一次一个小兔很驯顺地让我抚摸的时候，我简直欢喜得流泪呢。

倘若我的记忆靠得住的话，大约总有半个秋天，就在这样的颇有诗意的情况里度过去。我还能模模糊糊地记得：兔子才在笼里装来的时候，满院子都挤满了花。我一闭眼，还能看到当时院子里飘动的那一层淡淡的绿色。兔子常从屋里跑出来，到花盆缝里去玩，金鱼缸里的子午莲还仿佛从水面上突出两朵白花来，只依稀有一点影。这记忆恐怕靠不大住了。随了这绿气，这金鱼缸，我又能看到靠近海棠树的涂上了红油绿油的窗子，嵌着一方不小的玻璃，上面有雨和土的痕迹。窗纸上还粘着几条蜘蛛丝，窗子里面就是我的书桌，再往里，就是床，兔子就住在床下面……这一切都仿佛在眼前浮动。但又像烟，像雾，眼看就要幻化到空蒙里去了。

我不是说大概过了有半个秋天吗？——等到院子里的花草渐渐地减少了，显得很空阔。落叶却在阶下多起来，金鱼缸里早没了水。天更蓝，更长；澹远的秋有转入阴沉的冬的样儿了。就在这样一个蓝天的早晨，我又照例伏下身子，去看兔子丢了没有。——奇怪，床下面空空的，仿佛少了什么东西似的。再仔细看，只看到两个小兔凄凉地互相偎着睡。它们的母亲跑到哪里去了呢？我立刻慌了。汗流遍了全身。本来，几天以来，大兔子的胆更大了，常常自己偷跑到天井里去。这次恐怕又是自己偷跑出去了吧。但各处，屋里，屋外，都找到了，没有影，回头又看到两个小兔子偎在我的脚下，一种莫名其妙的凄凉袭进了我的心。我哭了，我是很早就离开母亲的。我时常想到她。我感到凄凉和寂寞。看来这两个小兔子也同我一样地感到凄凉和寂寞吧。我没地方倾诉，除非在梦里，小兔子又向哪里，而且又怎样倾诉呢？——我又哭了。

起初，我还有希望，我希望大兔子会自己跑回来，蓦地给我一个大的欢喜。但是一天一天地过去，我这希望终于成了泡影。我却更爱这两个小兔子了。以前我爱它们，因为它们红亮的眼睛，雪絮似的软毛。这以后的爱里，却掺入了同情。有时我还想拿我的爱抚来弥补它们失掉母亲的悲哀。但这哪是可能的呢？眼看它们渐渐消瘦了下去。在屋里跑的时候也不像以前那样轻快了，时常偎到我的脚下来。我把它们抱在怀里，也驯顺地伏着不动。当我看到它们踽踽地走开的时候，小小的心真的充满了无名的悲哀呢！

这样的情况也没能延长多久，两三天以后，我忽然发现在屋里跑着的只有一个兔子，那个同伴到哪里去了呢？我又慌了，又各处地找：墙隅，桌下，又在天井里各处找，低声唤着，落叶在脚下索索地响。终于，没有影。当我看到这剩下的一个小生命孤独地踱着的时候，再听檐边秋天特有的风声，眼泪又流下来了。——它在找它的母亲吗？找它的兄弟吗？为什么连叹息一声也不呢？宝石似的眼睛里也仿佛含着晶莹的泪珠了。夜里，在微明的灯光下，我不见它在床下沉睡；它只是不停地在屋里跑着。这冷硬的土地，这漫漫的秋的长夜，没有母亲，没有兄弟偎着，凄凉的冷梦萦绕着它。它怎能睡得下去呢？

第二天的早晨，天更蓝，蓝得有点古怪。小屋里照得通明，小兔在我眼前跑过的时候，洁白的茸毛上，仿佛有一点红，一闪，我再看，就在透明红润的耳朵旁边，发现一点血痕——只一点，衬了雪白的毛，更显得红艳，像鸡血石上的斑，像西天一点晚霞。我却真有点焦急了。我听人说，兔子只要见血，无论多少一滴，就会死去的。这剩下的一个没有母亲、没有兄弟的孤独的小生命也要死去吗？我不相信，这比神话还渺茫，然而摆在眼前的却就是那一点红艳的血痕，怎样否认呢？我把它抱了起来，它仿佛也知道有什么不幸要临到它身上，只伏在我的怀里，不动，放下，也不大跑了。就在这天的末尾，在黄昏的微光里，当我再伏下头去看床下的时候，除了一堆白菜和豆芽之外，什么也看不到了。我各处找了找，也没找到什么。我早知道有什么事情要发生。而且，我也想：这样倒也好。不然，孤零零的一个活在这世界上，得不到一点温热，在凄凉和寂寞的袭击下，这长长的一生又怎样消磨呢？我不哭，但是眼泪却流到肚子里去了，悲哀沉重地压在心头，我想到了故乡里的母亲。

就这样，半个秋天以来，在我床下面跑出跑进的三个兔子一个都不见了。我再坐在靠窗的桌子旁读书的时候，从书页上面，什么都看不到了。从有着风和雨的痕迹的玻璃窗里望出去：海棠树早落净了叶子，只剩下秃光的枝干，撑着晴晴的秋的长空。夜里，我再听到外面窸窸窣窣地响的时候，我又疑心是猫。我从蒙眬中醒转来，虽然有时也会在窗洞里看到两盏灯似的圆圆的眼睛。但是看床下的时候，却没有兔子来回地踱着了。眼一花，便会看到满地凌乱的影子，一溜黑烟，一溜白烟，再仔细看，有什么呢？什么也没有，只有暗淡的灯照彻了冷寂的秋夜，外面又窸窣地响，是雨吧？冷栗，寂寞，混上了一点轻微空漠的悲哀，压住了我的心。一切都空虚。我能再做什么样的梦呢？

1934年2月16日

海棠花

早晨到研究所去的路上，抬头看到人家园子里正开着海棠花，缤纷烂漫地开成一团。这使我想到自己在故乡院子里的那两棵海棠，现在想也正是开花的时候了。

我虽然喜欢海棠花，但却似乎与海棠花无缘。自家院子里虽然就有两棵，枝干都非常粗大，最高的枝子竟高过房顶，秋后叶子落光了的时候，看到尖尖的顶枝直刺着蔚蓝悠远的天空，自己的幻想也仿佛跟着高爬上去，常常默默地看上半天；但是要到记忆里去搜寻开花时的情景，却只能搜到很少几个片段。搬过家来以前，曾在春天到原来住在这里的亲戚家里讨过几次折枝，当时看了那开得团团滚滚的花朵，很羡慕过一番。但这已经是很久很久以前的事情，现在回忆起来都有点渺茫了。

家搬过来以后，自己似乎只在家里待过一个春天。当时开花的情景，现在已想不真切。记得有一个晚上同几个同伴在家南边一个高崖上游玩。向北看，看到一片屋顶，其中纵横穿插着一条条的空隙，是街道。虽然也可以幻想出一片海浪，但究竟单调得很。可是在这一片单调的房顶中却蓦地看到一树繁花的尖顶，绚烂得像是西天的晚霞。当时我真有说不出的高兴，其中还夹杂着一点渴望，渴望自己能够走到这树下去看上一看。于是我就按着这一条条的空隙数起来，终于发现，那就是自己家里那两棵海棠树。我立刻跑下崖头，回到家里，站在海棠树下，一直站到淡红的花团渐渐消逝到黄昏里去，只朦胧留下一片淡白。

但是这样的情景只有过一次，其余的春天我都是在北京度过的。北京是古老的都城，尽管有许多机会可以做赏花的韵事，但是自己却很少有这福气，我只到中山公园去看过芍药，到颐和园去看过一次木兰。此外，就是同一个老朋友在大毒日头下面跑过许多条窄窄的灰土街道到崇效寺去看过一次牡丹；又因为去得太晚了，只看到满地残英。至于海棠，不但是很少看到，连因海棠而出名的寺院似乎也没有听说过。北京的春天是非常短的，短到几乎没有。最初还是残冬，要是接连吹上几天大风，再一看树木都长出了嫩绿的叶子，天气陡然暖了起来，已经是夏天了。

夏天一来，我就又回到故乡去。院子里的两棵海棠已经密密层层地盖满了大叶子，很难令人回忆起这上面曾经开过团团滚滚的花。长昼无聊，我躺在铺在屋里面地上的席子上睡觉，醒来往往觉得一枕清凉，非常舒服。抬头看到窗纸上历历乱乱地布满了叶影。我间或也坐在窗前看点书，满窗浓绿，不时有一只绿色的虫子在上面慢慢地爬过去，令我幻想深山大泽中的行人。蜗牛爬过的痕迹就像是山间林中的蜿蜒的小路。就这样，自己可以看上半天。晚上吃过饭后，就搬了椅子坐在海棠树下乘凉，从叶子的空隙处看到灰色的天空，上面嵌着一颗一颗的星。结在海棠树与檐边中间的蜘蛛网，借了星星的微光，把影子投在天幕上。一切都是这样静。这时候，自己往往什么都不想，只让睡意轻轻地压上眉头。等到果真睡去半夜里再醒来的时候，往往听到海棠叶子窸窸窣窣地直响，知道外面下雨了。

似乎这样的夏天也没有能过几个，六年前的秋天，当海棠树的叶子渐渐地转成淡黄的时候，我离开故乡，来到了德国。一转眼，在这个小城里，就住了这么久。我们天天在过日子，却往往不知道日子是怎样过的。以前在一篇什么文章里读到这样一句话："我们从现在起要仔仔细细地过日子了。"当时颇有同感，觉得自己也应立刻从即时起仔仔细细地过日子了。但是过了一些时候，再一回想，仍然是有些捉摸不住，不知道日子是怎样过去的。到了德国，更是如此。我本来是下定了决心用苦行者的精神到德国来念书的，所以每天除了钻书本以外，很少想到别的事情。可是现实的情况又不允许我这样做。而且祖国又时来入梦，使我这万里外的游子心情不能平静。就这样，在幻想和现实之间，在祖国和异域之间，我的思想在挣扎着。不知道怎样一来，一下子就过了六年。

哥廷根是有名的花城。来到的第一个春天，这里花之多就让我吃惊。雪刚融化，就有白色的小花从地里钻出来。以后，天气逐渐转暖。一转眼，家家园子里都挤满了花。红的、黄的、蓝的、白的，大大小小，五颜六色，锦似的一片，都不知道是什么时候开放的。山上树林子里，更有整树的白花。我常常一个人在暮春五月到山上去散步。暖烘烘的香气飘拂在我的四周。人同香气仿佛融而为一，忘记了花，也忘记了自己。直到黄昏才慢慢回家。但是我却似乎一直没注意到这里也有海棠花。原因是，我最初只看到满眼繁花，多半是叫不出名字。“看花苦为译秦名”，我也就不译了。因而也就不分什么花什么花，只是眼花缭乱而已。

但是，真像一个奇迹似的，今天早晨我竟在人家园子里看到盛开的海棠花。我的心一动，仿佛刚睡了一大觉醒来似的，蓦地发现，自己在这个异域的小城里住了六年了。乡思浓浓地压上心头，无法排解。

我前面说，我同海棠花无缘。现在我不知道应该怎样说好了。乡思并不是很舒服的事情。但是在这垂尽的五月天，当自己心里填满了忧愁的时候，有这么一团十分浓烈的乡思压在心头，令人感到痛苦。同时我却又有点爱惜这一点乡思，欣赏这一点乡思。它使我想到：我是一个有故乡和祖国的人。故乡和祖国虽然远在天边，但是现在它们却近在眼前。我离开它们的时间愈远，它们却离我愈近。我的祖国正在苦难中，我是多么想看到它呀！把祖国召唤到我眼前来的，似乎就是这海棠花，我应该感激它才是。

想来想去，我自己也糊涂了。晚上回家的路上，我又走过那个园子去看海棠花。它依旧同早晨一样，缤纷烂漫地开成一团。它似乎一点也不理会我的心情。我站在树下，待了半天，抬眼看到西天正亮着同海棠花一样红艳的晚霞。

1941年5月29日于德国哥廷根

辑四

火车上观日出

火车上观日出

在晨光熹微中，我走出了卧铺车厢，走到了列车的走廊上。猛一抬头，我的全身连我的内心立刻激烈地震动了一下：东方正有一抹胭脂似的像月牙儿一般的红彤彤的东西腾涌出来。这是即将升起的朝阳，我心里想。

我年逾古稀，平生看日出多矣。有的是我有意去寻求的，比如泰山观日。整整五十年前，当时我还是一个青年小伙子，正在济南一个中学里教书。在旧历八月中秋，我约了两个朋友，从济南乘火车到泰安。当天下午我们就上了山。我只有二十三岁，正是精力旺盛的时候，我大跨步走过斗姆宫、快活三里、五大夫松，一气登上了南天门，丝毫也没有感到什么吃力，什么惊险。此时正是暮色四垂，阴影布上群山的时候，四顾寂无一人，万古的沉寂压在我们身上。在一个鸡毛小店里住了一夜。第二天，摸黑起来，披上店里的棉被，登上玉皇顶。此时东天逐渐苍白。我瞪大了眼睛，连眨眼都不敢，盼望奇迹的出现。可是左等右等，我等待的奇迹太阳只是不露面。等到东天布满了一片红霞时，再仔细一看，朝阳已经像一个红色的血球，徘徊于片片的白云中，原来太阳早已经出来了。

从那以后，过了四十多年，到了80年代初，我第一次登上了“归来不看岳”的黄山。在北海住了三天。我曾同小泓摸黑起床，赶到一座小山顶上，那里已经黑压压地挤满了人。我们好不容易挤了上去，在人堆里争取了一块容身之地，静下心来，翘首东望，恭候日出。东天原来是灰蒙蒙一片，只是比西方、南方、北方稍微显得白了亮了一点。但是，一转瞬间，亮度逐渐增高，由淡白转成了淡红，再由淡红转成了浓红，一片霞光照亮东天。再一转瞬，一芽红痕突然涌出，红痕慢慢向上扩大，由一点到一线，由一线到一片，一轮又圆又红的球终于跳出来了。

就这样，我在泰山和黄山这两个在全中国甚至全世界都以能观日出而声名远扬的名山上，看到了日出。是我自己处心积虑一意追求而得来的。

我现在是在火车上，既非泰山，也非黄山。我做梦也没有想到会同观赏日出联系起来，我一点寻求的意思也没有。然而，仿佛眼前出现了奇迹：摆在我眼前的是不折不扣的日出。我内心的震惊不是完全很自然的吗？

这样的日出，从来没有听人说观赏过，连听人谈到过都没有。它同以前处心积虑一意追求看到的不一样，完完全全地不一样。不管在泰山，还是在黄山，我都是静止不动的。太阳虽然动，也只是在一个地方动，她安详自在，慢条斯理，威严端重，不慌不忙。她在我眼中是崇高的化身，是威仪的重现。正像印度大诗人泰戈尔每天早晨对着朝阳沉思默祷那样，太阳在我眼中也是神圣不可侵犯的。

然而现在却是另一番景象。火车风驰电掣，顷刻数里，一刻也不停。而太阳也是一刻也不停，穷追不舍。她仿佛是率领着白云、朝霞、沧海、苍穹，仿佛率领着她那些如云的随从，追赶着火车，追赶着车上的我，过山、过水、过森林、过小村。有时候我甚至看到她鬓云凌乱，衣冠不整。原来的端庄威严，安详自在，一点影子都没有了。是她在处心积虑，一意追求，追求着火车上的我，一定要我观看她的出现。此时我的心情简直是用任何言语也形容不出来了。

太阳一方面穷追不舍，一方面自己在不停地变幻。最初我只看到在淡红色的云堆中慢慢地涌出了一点红色月牙儿似的东西。月牙儿逐渐扩大，扩大，扩大，最初的颜色像是朱砂，眼睛能够直视。但是，随着体积的逐渐扩大，朱砂逐渐变为黄金，光芒越来越亮。到了最后，辉光焜耀，谁要是再想看她，她的光芒就要刺他眼睛了。等到太阳高高升起的时候，她在天空里俯视大地，俯视火车，俯视火车中的我，她又恢复了她那端庄威严、安详自在的神态，虽然是仍然跟着火车走，却再也没有那种仓促急忙的样子了。

这短短的车上观日出的经历，对我来说，简直像是一次神秘的天启。它让我暂时离开了尘世，离开了火车，甚至离开了我自己。我体会到变中有不变，不变中又有变；我体会到变化与速度的交互融合、交互影响。这种体会，我是无法说清楚的。等我回到车厢内的时候，人们还在熟睡未醒。我仿佛怀着独得之秘，静静地坐在那里，回想刚才的一切，余味犹甘。一团焜耀的光辉还留在我的心中。

1984年10月17日在烟台写初稿

1992年7月10日在北京写定稿

法门寺

法门寺，多么熟悉的名字啊！京剧有一出戏，就叫作“法门寺”。其中有两个角色，让人永远忘记不了：一个是太监刘瑾，一个是他的随从贾桂。刘瑾气焰万丈，炙手可热。他那种小人得志的情态，在戏剧中表现得惟妙惟肖，淋漓尽致，是京剧中最著名的人物之一。贾桂则是奴颜婢膝，一副小人阿谀奉承的奴才相。他的“知名度”甚至高过刘瑾，几乎是妇孺皆知。“贾桂思想”这个词儿至今流传。

我曾多次看“法门寺”这一出戏，我非常欣赏演员们的表演艺术。但是，我从来也没想研究究竟有没有法门寺这样一个地方？它坐落在何州何县？这样的问题好像跟我风马牛不相及，根本不存在似的。

然而，我何曾料到，自己今天竟然来到了法门寺，而且还同一件极其重要的考古发现联系在一起了。

这一座寺院距离陕西扶风县有八九里路，处在一个比较偏僻的农村中。我们来的时候，正落着蒙蒙细雨。据说这雨已经下了几天。快要收割的麦子湿漉漉的，流露出一种垂头丧气的神情。但是在中国比较稀见的大棵大朵的月季花却开得五颜六色，绚丽多姿，告诉我们春天还没有完全过去，夏天刚刚来临。寺院正在修葺，大殿已经修好，彩绘一新，鲜艳夺目。但是整个寺院却还是一片断壁残垣，显得破破烂烂。地上全是泥泞，根本没法走路。工人们搬来了宝塔倒掉留下来的巨大的砖头，硬是在泥水中垫出一条路来。我们这一群从北京来的秀才们小心翼翼，战战兢兢地踏着砖头，左歪右斜地走到了一个原来有一座十三层的宝塔而今完全倒掉的地方。

这样一个地方有什么可看的呢？千里迢迢从北京赶来这里难道就是为了看这一座破庙吗？事情当然不会这样简单。这一座法门寺在唐代真是大大地有名，它是皇家烧香礼佛的地方。这一座宝塔建自唐代，中间屡经修葺。但是在一千多年的漫长的时间内，年深日久，自然的破坏力是无法抗御的，终于在前几年倒塌了。我们现在看到的就是倒塌后的样子。

倒塌本身按理说也用不着大惊小怪。但是，倒塌以后，下面就露出了地宫。打开地宫，一方面似乎是出人意料，另一方面又似乎是在意料之内，在这里发现了大量异常珍贵的古代遗物。遗物真可以说是丰富多彩，琳琅满目，其中有金银器皿、玻璃器皿、茶碾子、丝织品。据说，地宫初启时，一千多年以前的金器，金光闪闪，光辉夺目，参加发掘的人为之吃惊，为之振奋。最引人瞩目的是秘色瓷，实物还从来没有看到过。另外根据刻在石碑上的账簿，丝织品中有中国历史上唯一的一位女皇武则天的裙子。因为丝织品都粘在一起，还没有能打开看一看，这一条简直是充满了神话色彩的裙子究竟是什么样子。

但是，真正引起轰动的还是如来佛释迦牟尼的真身舍利。世界上已经发现的舍利为数极多，我国也有不少。但是，那些舍利都是如来佛遗体焚化后留下来的。这一个如来佛指骨舍利却出自他的肉身，在世界上从来没有过。我不是佛教信徒，不想去探索考证。但是，这个指骨舍利在十三层宝塔下面已经埋藏了一千多年，只是它这一把子年纪不就能让我们肃然起敬吗？何况它还同中国历史上和文学史上的一段公案紧密地联系在一起呢！唐朝大文学家韩愈有一篇著名的文章：《论佛骨表》，千百年来，读过这篇文章的人恐怕有千百万。我自己年幼时也曾读过，至今尚能背诵。但是，我从来也没有想到，唐宪宗“令群僧迎佛骨于凤翔”的佛骨竟然还存在于宇宙间，而且现在就在我们眼前，我原以为是神话的东西就保存在我们现在来看的地宫里，虚无缥缈的神话一下子变为现实。它将在全世界引起多么大的轰动，目前还无法逆料。这一阵“佛骨旋风”会以雷霆万钧之力扫过佛教世界，这一点是肯定无疑的了。

我曾多次来过西安，我也曾多次感觉到过，而且说出来过：西安是一块宝地。在这里，中国古代文化仿佛阳光空气一般，弥漫城中。唐代著名诗人的那些名篇名句，很多都与西安有牵连。谁看到灞桥、渭水等等的名字不会立即神往盛唐呢？谁走过丈八沟、乐游原这样的地方不会立即想到杜甫、李商隐的名篇呢？这里到处是诗，美妙的诗；这里到处是梦，神奇的梦；这里是一个诗和梦的世界。如今又出现了如来真身舍利。它将给这个诗和梦的世界涂上一层神光，使它同西天净土、三千大千世界联系在一起，生为西安人，生为陕西人，生为中国人有福了。

从神话回到现实。我们这一群北京秀才们是应邀来鉴定新出土的奇宝的。对我们这些凡夫俗子来说，如来真身舍利渺矣茫矣。对每一个中国人来说，古代灿烂的文化遗物却是活生生的现实。即使对于神话不感兴趣的普通老百姓，对现实却是感兴趣的。现在法门寺已经严密封锁，一般人不容易进来。但是，老百姓却有自己的想法，有自己的价值观。我曾在大街上和飞机场上碰到过一些好奇的老百姓。在大街上，两位中年人满面堆笑，走了过来：

“你是从北京来的吗？”

“是的。”

“你是来鉴定如来佛的舍利吗？”

“是的。”

“听说你们挖出了一地窖金子？！”

对这样的“热心人”，我能回答些什么呢？

在飞机上五六个年轻人一下子拥了上来：

“你们不是从北京来的吗？”

“是的。”

“听说，你们看到的那几段佛骨，价钱可以顶得上三个香港？！”

多么奇妙的联想，又是多么天真的想法。让我关在屋子里想一辈子也想不出来。无论如何，这表示，西安的老百姓已经普遍地注意到如来真身舍利的出现这一件事，街头巷尾，高谈阔论，沸沸扬扬，满城都说佛舍利了。

外国朋友怎样呢？他们的好奇心，他们的轰动，绝不亚于中国的老百姓。在新闻发布会上，一位日本什么报的记者抢过扩音器，发出了连珠炮似的问题："这个指骨舍利是如来佛哪一只手上的呢？是左手，还是右手？是哪一个指头上的呢？是拇指，还是小指？"我们这一些"答辩者"，谁也回答不出来。其他外国记者都争着想提问，但是这一位日本朋友却抓紧了扩音器，死不放手。我绝不敢认为，他的问题提得幼稚，可笑。对一个信仰佛教又是记者的人来说，他提问题是非常认真严肃的，又是十分虔诚的。据我了解到的，现在世界上许多国家，特别是日本、印度，以及南亚和东南亚佛教国家，都纷纷议论西安的真身舍利。这个消息像燎原的大火一样，已经熊熊燃烧起来了，行将见"西安热"又将热遍全球了。

就这样，我在细雨霏霏中，一边参观法门寺，一边心潮起伏，浮想联翩。多年来没有背诵的《论佛骨表》硬是从遗忘中挤了出来，我不由得一字一句暗暗背诵着：

> 一封朝奏九重天，夕贬潮州路八千。
> 欲为圣明除弊事，肯将衰朽惜残年？
> 云横秦岭家何在，雪拥蓝关马不前。
> 知汝远来应有意，好收吾骨瘴江边。

韩愈因谏迎佛骨，遭到贬逐，他的侄孙韩湘来看他，他写了这一首诗。我没有到过秦岭，更没有见过蓝关，我却仿佛看到了一个孤苦伶仃的老人，忠君遭贬，我不禁感到一阵凄凉。此时月季花在雨中别具风韵，法门寺的红墙另有异彩。我幻想，再过三五年，等到法门寺修复完毕，十三级宝塔重新矗立之时，此时冷落僻远的法门寺前，将是车水马龙，摩肩接踵，与秦俑馆媲美了。

1987年8月26日

（原载《光明日报》1987年9月13日）

登黄山记

早就听人说过："五岳归来不看山，黄山归来不看岳。"又经常遇到去过黄山的人讲述那里的奇景，还看到画家画的黄山，摄影家摄的黄山，黄山在我的心中就占了一个地位。我也曾根据那些绘画和摄影，再掺上点传闻，给自己描绘了一幅黄山图，挂在我的心头。我带着这样一幅黄山图曾周游国内，颇看了一些名山大川。五岳之尊的泰山，我曾凌绝顶，观日出。在国外，我也颇游览了一些国家，徜徉于日内瓦的莱茫湖畔，攀登了雪线以上的阿尔卑斯山，尽管下面烈日炎炎，顶上却永远积雪皑皑。所有这一切都是永世难忘的。但是我心中的那一幅黄山图，尽管随着游览的深广而多少有所修正，但毕竟还是非常美的，非常迷人的。

今天我就带着我心中的那一幅黄山图，到真正的黄山来了。

汽车从泾县驶出，直奔黄山。一路上，汽车蜿蜒绕行于万山丛中。我的幻想也跟着蜿蜒起来。眼前是千山万岭，绵延不绝；但是山峰的形象从远处看上去都差不多。远处出现了一个耸入晴空的高峰，"那就是黄山了吧！"我心里想。但是一转眼，另一个更高的山峰呈现在我的眼前，我只好打消了刚才的想法。如此周而复始，不知循环了多少遍。还有一个问题一直萦回在我的脑际：在这千山万岭中，是谁首先发现黄山这一个天造地设的人间仙境呢？是否还有另一个更美的什么山没有被发现呢？我的幻想一下子又扯到徐霞客身上。今天我们乘坐汽车来到这里，还感到有些疲惫不堪。当年徐霞客是怎样来的呢？他只能自己背着行李，至多雇上一个农民替他背着，自己手执藤杖，风餐露宿，踽踽独行于崇山峻岭中，夜里靠松明引路，在虎狼的嗥叫声中，慢慢地爬上去。对比起来，我们今天确实是幸福多了……

就这样，汽车一边飞快地行驶，我一边在飞快地幻想。我心里思潮腾涌，绵绵不断，就像那车窗外的绵延的万山一样。

汽车终于来到了黄山大门外。

一走进黄山大门，天都峰就像一团无限巨大的黑色云层，黑乎乎地像泰山压顶一般对着我的头顶压了下来，好像就要倒在我的头上。我一愣：这哪里是我心中的那个黄山呢？然而这毕竟是真实的黄山。我几十年蕴藏在心中的那一幅黄山图一下子烟消云散了。我心中怅然若有所失；但是我并不惋惜。应该消逝的让它消逝吧！我现在已经来到了真实的黄山。

从此以后，真实的黄山就像一幅古代的画卷一样，一幅一幅地、慢慢地展现在我的眼前。

出宾馆右行，经疗养院右转进山，山势一下子就陡了起来。我曾经听别人说过，从什么地方到什么地方是多少多少华里。在导游书上，我也看到了这样的记载。我原以为几华里几华里都是在平面上的，因此我对黄山就有了一些不正确的理解。现在，接触了实际，才知道这基本上是按立体计算的。在这里走上一华里，同平地上不大一样，费的劲儿要大得多。就是向上走上一尺，也要费上一点力气。没有别的办法，只好喘气流汗了。我低头看着脚下的台阶，右手使劲地拄着竹杖，一步一步地向上爬行。我眼睛里看到的只是台阶，台阶，台阶。有时候，我心里还数着台阶的数目。爬呀，数呀，数呀，爬呀，以为已经很高了。但是抬眼一看，更高、更陡、更多的台阶还在前面哩。想当年登泰山的时候，那里还有一个“快活三里”。这里却连一个快活三步都没有。但是，既来之，则安之，爬就是一切。

我到黄山来，当然并不是专为来走路的。我还是要看一看的。但是，在黄山，想看也并不容易。有经验的人说：“走路不看山，看山不走路。”这确实是至理名言。这有点像鱼与熊掌的关系，不可得而兼之。谁要想“兼之”，那就有失足坠下万丈深涧的危险。我只在爬到了一定的阶段时，才停下脚步，小心地抬头向身后和左右看上一看，但见峭壁千仞，高岭入云，幽篁参天，苍松夹道，鸟鸣相和，蝉声四起。而且每看一次，眼前的情景都不一样，扑朔迷离，变幻万端。就连同一个地方，从不同的角度去看，都能看出不同的形象。从慈光阁看朱砂峰，看到天都峰上的金鸡叫天门。但是登上龙蟠坡，再抬头一看，金鸡叫天门就变成了五老上天都。在什么地方才能看到黄山真面目呢？我想，在什么地方也是看不到的。我很想改一改苏东坡的诗：“横看成岭侧成峰，远近高低各不同。不识黄山真面目，即使身在此山中。”

我有时候也有新的发现，我简直觉得其中闪现着“天才的火花”，解人难得，我只有自己拍手（这里没有案）叫绝。比如，我看远山上的竹石树木，最初只觉得一片蓊郁。但细看却又有明暗之别。有的浓绿，有的淡绿。经过我再三研究揣摩，我才发现，明的是竹，暗的是松，所谓“苍松翠竹”，大概指的就是这个意思吧。我又想改陆游的两句诗：“山穷水复疑无路，松暗竹明又一山。”

一想到陆游，我又想到了徐霞客。我们且看看他登上慈光寺以后是怎样看黄山的：

> 由此而入，绝巘危崖，尽皆怪松悬结；高者不盈丈，低仅数寸，平顶短鬣，盘根虬干，愈短愈老，愈小愈奇。不意奇山中又有此奇品也。

他看到了奇山，又看到了奇松。他看到的山同我们今天看到的几乎完全一样，这毫无可怪之处。但是他看到的松，有多少是我们今天还能看到的呢？“愈短愈老，愈小愈奇”，难道在这几百年的漫长时间内，它们就一点也没有长吗？就是起徐霞客于地下，我这样的问题恐怕也无法回答了。

我就是这样一边爬，一边看，一边改着古人的诗，一边想到徐霞客，手、脚、眼、耳、心，无不在紧张地活动着，好不容易才爬到了天都峰脚下。这是一个关键的地方，向右一拐，走不多远，就可以登上台阶，向着天都峰爬上去。天都峰是黄山的主峰。不到天都非好汉，何况那天险鲫鱼背我已经久仰大名，现在站在天都峰下，一抬头就可以看到，上面有蚂蚁似的人影在晃动，真是有说不出的诱惑力啊！但是一看到那一条直上直下的登山盘道，像一根白而粗的线绳一样悬在那里，要爬上去，还真需要有一把子力气呢。我知道，倘若给我半天的时间，登上去也是没问题的。可惜现在早已经过了中午，到我们今天的住宿的地方玉屏楼还有一段路要走。我再三斟酌，只好丢掉登天都峰的念头，这好汉看来当不成了。我一步三回头地向左一拐，拾级而上，一直爬到了一线天的门口。这时我们坐了下来，背对一线天口，脸朝前望，可以看到近在咫尺的蓬莱三岛。所谓蓬莱三岛只是三个石笋似的小山峰，上面长着几棵松树。下面是一片深不见底的山谷。据说，白云弥漫时，衬着下面的云海，它们确确实实像蓬莱三岛。但现在却是赤日当空，万里无云，我只能用想象力来弥补天公的不作美了。

一线天真正是名副其实。在两个峭壁中，只有一条缝隙，仅容人体，抬眼一看，只见高处露出一线光明，上面是蓝蓝的天，这一团光明就召唤着我们，奋勇前进。我们也就真的一个个精神抖擞，鼓足了余勇，爬了上去。低头从我们两条腿中间向后看去，还可以看到悬挂在天都峰上的那一条白练似的磴道。

过了一线天，再向右一拐就走上了玉屏楼，这里是从温泉到北海去的必由之路。一般人都是在这里过夜的。徐霞客时代，这里叫玉屏风。他在《游记》里写道："四顾奇峰错列，众壑纵横，真黄山绝胜处。"可见徐霞客对此处评价之高。原来这里有一座庙，叫作文殊院。古人曾说过："不到文殊院，没见黄山面。"这同徐霞客的意见是一致的。

这里有什么特点呢？这里是万山丛中一块比较平坦的地方，好像天造地设，就是一个理想的中途休息的地方。一转过山角，就能看到峭壁上长着一棵松树。提起此松，真是大大地有名。全中国人民和全世界人民大概都经常能看到它的形象。挂在人民大会堂里的那一幅叫作“迎客松”的照片，就是它。这棵松树的大名就叫作“迎客松”。许多来访的外国领导人，以及名人、学者会见中国领导人时，就在那个照片下面照相。你看它伸出双臂，其实是不知道多少臂，仿佛想同来游的人握手、拥抱，它那青翠的枝头仿佛能说出欢迎的语言，它仿佛就是黄山好客的象征，不，它实际上成了中国人民好客的象征。你若问它的高寿，那就很难说。它干并不粗，也不特别高，看样子它至多也不过几十年至百年，然而据人说，它挺立在这里已经有一千多年的历史了。这里山高风劲，夏有酷暑，冬有寒冰，然而它却至今巍然屹立，俊秀挺拔，苍翠欲滴，枝头笼烟，仿佛正当妙龄青春。我在这里祝它长寿！

至于玉屏楼本身，可看的东西并不多。只是因为此地处万山之中，抬眼四顾，前有大谷深壑，下临无地，上面有参天云峰，耸然并立。同前一段的地无三尺平的情况比较起来，当然显得空阔辽廓，快人心目。当白云弥漫时，云海苍茫，必然另有一番景色。可惜我们没有这个福气，只看到了一片干涸了的大海。在玉屏楼的右边，就是那一棵在名声上稍逊一筹的送客松。它也像迎客松一样，伸出了它那许多胳臂，好像向游客告别，祝他们身强体健，过一些时候再来黄山。我也祝它长寿！

我们就是在住宿一夜之后，怀着还要再回来的心情走过这一棵松树向黄山深处前进的。一走过送客松，山路就好像一反昨天上山时的规律，陡然下降，下降，下降，再下降，一直降到涧底。这一段路走起来非常舒服，似乎还要超过泰山的“快活三里”。我们虽低头走路，仍可以抬头望山。走过望客松，蒲团松，右边可以看到指路石，回头则见牛鼻峰上的犀牛望月。下到深涧涧底以后，一泓清泉，就在道旁，清澈见底，冷冽可饮。拿作文章来比，我们走这一段山路，好像是在作“承”的那一段，“起”得突兀，“承”得和缓，我们过了一段舒服的时光。

但是，再拿作文章来比，“承”过以后，就来了“转”，这一“转”，可真不得了。到了涧底，抬眼一看，前面是八百级的莲花沟。这八百级仿佛是直上直下，令人看了真有点发怵。实际上，往上攀登的时候，比在下面仰望时更令人感到可怕。我们面前好像只有这一条窄窄的石阶，只能向上，不能回转，“马行在夹道内，难以回马”，不管流多少汗，喘多少气，到此也只有奋勇攀登，再没有回旋的余地了。

皇天不负有心人。爬上了八百石阶，一转就到了莲花峰脚下。这一座莲花峰也是黄山主峰之一。从它的脚下上山好像比从天都峰脚下攀登天都峰要容易得多，只需往右一转，爬上几个台阶就可以达到峰顶。然而，正唯其觉得容易，也就失掉了吸引力。同时，我们今天的目标是到北海。我于是只在莲花峰下少坐片刻，抬头看到不远的峰顶上游人多如过江之鲫，然后左转走上前去。要说到黄山的险境，仿佛现在才算是开始。身右峭壁凌空，左边却是悬崖无地。山路是整修过的，在最危险的地方加了石头栏杆或铁链。但栏外就是危险境地，好像泰山上的阴阳界一样。走在这样的地方，连昨天奉行的“看山不走路，走路不看山”的箴言都无法奉行，无已，只有一心一意埋头苦走而已。这里就是鼎鼎大名的万丈云梯。真可以说是名不虚传。但是，大自然最憎恨的是单调，它绝不会让百步云梯成为千步云梯、万步云梯。过了百步云梯，又是一段比较平直的山路。此时我仿佛已经过了险关，大有闲情逸致，观赏山景。蓦抬头，在远处的山崖上，忽然看到“万绿丛中一点红”。此时正是盛夏，早过了春暖花开的时节，这一点红是哪里来的呢？我无法攀上悬崖去看，无从探索与研究。我只有沉入幻想中，幻想暮春四五月间，黄山漫山遍野开满了杜鹃花的情况。我眼前的黄山一下子变了样，“日出山花红胜火”，红色的火焰仿佛燃遍了全山，直凌太空，形成了一幅红透宇宙的奇景。

就这样，一路幻想下去。平路走尽，又上山路，穿过鳌鱼洞，就到了天海。这一段路更平了，仿佛已经离开黄山，到了平地上。一路树木蓊郁，翠竹夹道，两旁蝉声啼不住，轻身已到北海边。

北海真是个好地方。人们已经看过了天都峰和莲花峰，奇景险境，久已身履，大概总会觉得黄山胜境已经探过，到了北海已经成为尾声了。

然而实则不然。

我先讲一个口头传说。距北海不远有一个山峰，叫作始信峰。什么叫始信峰呢？这里熟于掌故的人说，就是“开始相信”，意思就是，到了这里才开始相信黄山之美。不管这个解释是否正确，是否就是原意，我确确实实是相信的。我到了北海以后，才知道，北海绝不是黄山之游的尾声，而是高峰，是顶端。上文曾引过一句古语：“不到文殊院，没见黄山面。”我想改一改：“走不到北海，黄山没有来。”再拿写文章作比，如果过了玉屏楼算是“转”，那么，到了北海就算是“合”。一篇精巧的文章写到这里，才算是达到精妙的顶点，黄山乃山中之奇山，北海是众奇并备，万巧同臻。游黄山到此，真可以说是叹为观止矣。

然而究竟“合”出一些什么东西来呢？

三言两语是说不完的。以北海为中心，三五华里的半径内，景色万千，名目繁多。大则崇山峻岭，小至一石一树，无不奇绝人寰。从宾馆右转，走不多远，在深山绝谷的边缘上，出现了散花精舍，前面不远就是梦笔生花，笔架峰，骆驼石，上升峰和老翁钓鱼，再往前走就是始信峰。登上始信峰顶，下临无地，隔着深涧远处可见仙女峰、石笋矼，石笋壁立千仞，真仿佛天上有一个顶天立地的金刚巨无霸从上面把石笋栽在那里，成为宇宙奇观。我们只是从远处看石笋矼的，徐霞客是亲身到过。他在《游记》里写道：“趋石笋矼，至向年所登尖峰上，倚松而坐，瞰坞中峰石回攒，藻绘满眼，如觉匡庐、石门，或具一体，或缺一面，不若此之闳博富丽也。”

“闳博富丽”当然还不仅限于石笋矼。北海附近这一些名胜，无不“闳博富丽”“藻绘满眼”。比如清凉台、曙光亭，都各有奇妙之处。出宾馆左折西行，可以到西海。沿路青松参天，翠竹匝地。有很多有名的奇景。走到尽头，同别的地方一样，眼前又是峭壁千仞，深涧万寻。从这里的排云亭上，可以看到丹霞峰、松林峰、石床峰，各个刺入青天，令人神往。据说这地方是看落照的好地方，可惜我们来的时候，不是黄昏，我们只有怅望西天，幻想一番日落西山、红霞满天的情景而已。

是不是北海就只“合”出了这样一些东西来呢？

也还不是的。黄山有所谓四大奇景：奇松、怪石、云海、温泉。温泉一进山就可以看到，上面已经说过，这里不再提了。其他三奇，除了云海以外，一进山也都陆续可以看到。从慈光阁开始，只要你注意，奇松、怪石，到处可见。简直是让你一步一吃惊，一步一感叹。到了北海算是达到了顶峰，所谓集大成者就是。

那么，人们也许要问，奇松奇在什么地方呢？这个问题问得好，我初次听说奇松时，心里也泛起过这个问题。我游遍了黄山，到了北海，要想答复这个问题，也还感到非常困难，简直可以说是回答不出。我常常想，世间一切松树无不是奇的，奇就奇在它同其他一切树都不一样。其他树木的枝子一般都是往上长的，但是松树的枝干却偏平行长着或者甚至往下长。其他树木从远处看上去都能给人一个轮廓，虽然茂密，但却杂乱；然而松树给人的轮廓却是挺拔、秀丽，如飞龙，如翔凤，秩序井然，线条分明。松柏是常常并称的。如果它们站在一起，人们从远处看，立刻就能够分清哪是松，哪是柏。总之一句话，我们脑中一切关于树的规律，松树无不违反。此之所谓奇也。

但是，黄山上的松树比其他地方更奇，是奇中之奇。你只要看一看黄山上有名字的名松，你就可以知道：蒲团松、连理松、扇子松、黑虎松、团结松、迎客松、送客松、飞虎松、双龙松、龙爪松、接引松，此外还不知道有多少松。连那些不知名的大松、小松、古松、新松，长在悬崖上的松，长在峭壁上的松，长在任何人都不能想象的地方的松，千姿百态，石破天惊，更是违反了一切树木生长的规律。别的地方的松树长上一千多年，恐怕早已老态龙钟了，在这里却偏偏俊秀如少女，枝干也并不很粗。在别的地方，松树只能生长在土中；在这里却偏偏生长在光溜溜的石头上。在别的地方，松树的根总是要埋在土里的；在这里却偏偏就把大根、小根、粗根、细根，一股脑地、毫不隐瞒地、赤裸裸地摆在石头上，让你看了以后，心里不禁替它担起忧来。黄山松奇就奇在这里。看松而看到黄山松，真可以说是达到顶峰了。

谈到怪石，也真是够怪的。那么这些石头怪又怪在何处呢？在别的名山胜地中，也有一些有名有姓的山峰，也有一些有名有姓的石头。但是在黄山，这种山峰和石头却多得出奇：虎头岩、郑公钓鱼台、莺谷石、碰头石、鲫鱼背、羊子过江、仙人飘海、仙桃石、蓬莱三岛、鹦哥石、飞鱼石、采莲船、孔雀戏莲花、象石、金龟望月、仙鼠跳天都、仙人下轿、仙人把洞门、姜太公钓鱼、犀牛望月、指路石、金龟探海、老僧入定、老僧观海、仙人绣花、鳌鱼吃螺蛳、容成朝轩辕、鳌背驮金鱼、仙人下棋、仙人背包、飞来钟、老翁钓鱼、梦笔生花、猪八戒吃西瓜、书箱峰、达摩面壁、仙人晒靴、老虎驮羊、天鹅孵蛋、关公挡曹、仙人铺路、太白醉酒、五老荡船、天狗望月、双猫捕鼠、苏武牧羊、老僧采药、仙人指路、喜鹊登梅、猴子捧桃，等等，等等。名目确实够繁多的了。名目之所以这样繁多，决定因素就是因为这里石头长得怪。如果不怪的话，就绝不会有这样多的名目。你以为这些五花八门的名目已经把黄山的怪石都数尽了吗？不，还差得很远。如果你有时间，静坐在黄山的某一个地方，面对眼前的奇峰怪石，让自己的幻想展翅驰骋，你还可以想出一大批新鲜动人的名目。比如我们几个人在西海排云亭附近面对深涧对面的山，我看出了一座“国际饭店”。这个名字一提出，你就越看越像，像得不能再像了，我们都为这个天才的发现而狂欢。假我以时日，我们可以巧立名目，为黄山创立一大批新鲜、别致，不但神似而且形似的名目，再为黄山增添光彩。

在怪石中最怪的，当然要数飞来石。顾名思义，人们认为这块大石头是从天外飞来的。我们从玉屏楼到北海的路上，快到北海的时候，已经从远处看到了它。它是在一座小山峰的顶上，孑然耸立在那里。上粗下细，同山峰接触的地方只是一个点，在山风中好像是摇摇欲坠，让人不禁替它捏一把汗。后来我们从北海到西海，在回去的路上，爬了上去，一直爬到峰顶上，同黄山别的山头一样，小小的一个峰顶，下临万丈深涧。看到飞来石，我们都大吃一惊：原来同峰顶连接的地方有一条缝。这样一块巨石，上粗下细，又不固定在峰顶上，怎能巍然屹立在那里，而且还不知已经屹立了多少年呢？在这漫长的时间内，谁知道它已经经历了多少狂风暴雨，山崩地震呢？而它到今天仍然是岿然不动，简直违反了物理的定律。我们没有别的话可说，只能说它是奇中之奇了。

至于黄山的云海，更是我闻所未闻，见所未见。一座大山竟然有北海、西海、天海、前海、后海，这样许多海，初听时难道不真是让人不解吗？原来这些海都是云海。我从小读王维的诗：“行到水穷处，坐看云起时。”觉得这个境界真是奇妙，心向往之久矣。可是活了六十多岁，也从来没能看到云起究竟是什么样子。一天，我们正在北海的一个山头上，猛回头，看到隔山的深涧忽然冒起白色的浓烟。我直觉地认为这是炊烟。但是继而一想，炊烟哪能有这样的势头呢？我才恍然：这就是云起。升起来的云彩，初时还成丝成缕，慢慢地转成一片一团，颜色由淡白转浓，最初群山的影子还隐约可见，转瞬就成了一片云海，所有的山影都被遮住，云气翻滚，宛若海涛。然而又一转瞬，被隐藏起来的山峰的影子又逐渐清晰，终于又由浓转淡，直到山峰露出了真面目，云气全消，依然青山滴翠，红日皓皓。所有这一切都发生在几分钟内。这算不算是云海呢？旁边有人说："还不能算是真正的云海。那要大雨之后。"我只好相信他的话。但是，"慰情聊胜无"，不是比没有看到这种近似云海的景象要好得多吗？

除了上面谈的四大奇景之外，我还有一点意外的收获，那就是我在黄山看了日出。日出并没有列入黄山四奇之内，但仍然可以说是一奇。北海的曙光亭，顾名思义，就是看日出的最好的地方。几十年前，当我还年轻的时候，我曾登泰山看日出，在薄暗中，鹄候在玉皇顶上，结果除了看到一团红红的云彩之外，什么也没有看到。我只有暗自背诵姚鼐的《登泰山记》，聊以自慰：

> 及既上，苍山负雪，明烛天南，望晚日照城郭，汶水、徂徕如画，而半山居雾若带然。戊申晦五鼓，与子颍坐日观亭待日出。时大风扬积雪击面。亭东自足下皆云漫。稍见云中白若樗蒱数十立者，山也。极天云一线异色，须臾成五彩。日上，正赤如丹，下有红光，动摇承之。或曰：此东海也。

这一次来到黄山北海，早晨天还没有亮，就有人跑着、吵着去看日出。我一骨碌爬起来，在凌晨的薄暗中摸索着爬上曙光亭，那里已经是黑压压的一团人。我挤在后面，同大家一样向着东方翘首仰望。天是晴的，但在东方的日出处，却有一线烟云。最初只显得比别处稍亮一点而已。须臾，彩云渐红，朝日露出了月牙似的一点；一转眼间，它就涌了出来，顶端是深紫色，中间一段深红，下端一大段深黄。然而立刻就霞光万道，白云为霞光所照，成了金色，宛如万朵金莲飘悬空中。

就这样，黄山的三奇，奇松、怪石、云海，还加上一个奇：日出，我在黄山，特别是在北海，都领略过了。再拿作文章来打个比方，起、承、转、合，这几大股都已作完，文章应该结束了。

然而不然，从我的感情和印象说起来，合还没有合完，文章也就不能结束。从我的激情来看，这仿佛刚才达到高潮，文章更不能就此结束了。我们原来并不想在北海住这样久。但是越住越想住，越住越不想走。三天之内，我们天天出去，天天有新的发现，大有流连忘返之意。我们最后怀着惜别的心情，离开了北海的时候，我的内心如潮涌，如云起，一步三回头。我们绕过黑虎松走上后山的道路，向着云谷寺的方向走去。一路之上，流水潺潺，山风习习，蝉声相送，鸟鸣应和，苍松翠竹，映带左右。我们又像走到山阴道上，应接不暇了。但是我们走到幽篁中，闻鸟声却不见鸟，我们笑着开玩笑说，这是留客鸟，它们也惋惜我们即将离去，大有依依不舍之意呢。

此时周围清幽阒静，好像宇宙间只有我们几个人似的。但是我的内心里却又像来黄山的路上那样如波涛汹涌，遐想联翩，我想到过去游览过国内外的名山大川。我一时想到泰山，一时又想到石林。这都是天下奇秀，有口皆碑。但是我觉得，同黄山比起来，泰山有其雄伟，而无其秀丽；石林有其幽峭，而无其雄健。黄山是大则气势磅礴，神笼宇宙，小则剔透玲珑，耐人寻味。如果拿美学名词来比附的话，我们就可以说，黄山既有阳刚之美，又有阴柔之美。可谓刚柔兼，二难并，求诸天下名山，可谓超超玄箸了。

我一下子又想到中国的山水画。远山一般都只用淡墨渲染，近山则用各种的皴法。对远山的那种处理，只要在有山的地方，看到过远山的人，都会同意的，都会知道，那实际上是把自然景物，再加上点画家个人的幻想与创造，搬到了纸上来的。这不同于自然主义。这是形似而又神似。但是对近山的那些不同的皴法，则生长在北方高山不多的地方的人，有时就不大容易理解，认为这不过是画家的传统手法，没有多大意思的。特别是对大涤子这样的画家，更不容易理解。今天我到了黄山，据说大涤子在这里住过，积年疑团，顿时冰释。我站在任何一个悬崖峭壁的下面，抬头仰望，注意凝视，观之既久，俨然是一幅大涤子的山水画出现在自己的眼前，我也俨然成了画中人了。但见这一幅画，笔墨恣纵，元气淋漓，皴法新颖，巨细无遗。倘若我们请天上匠作大神，来到人间，盖上一座万丈高的大厦，把这一幅大画挂在里面，不知会产生什么效果，恐怕观赏的人都会目瞪口呆、惊愕万状吧！此时，只在此时，我才真正理解中国古代山水画家，其中也包括像大涤子这样有天才、有独创性，能独辟蹊径，开一代风气的画家，都是在仔细观察自然山色，简练揣摩，融会贯通之后，然后才下笔的。他们绝不是专门抄袭古人，拾古人牙慧的。

我一下子又想到，天下名山多矣，中外皆然。但是像黄山这样的名山，却真如凤毛麟角。为什么中国竟会有黄山这样的山呢？这个问题似乎非常幼稚，实际上却是发自我内心深处的一个问题。我并不觉得它有什么幼稚、可笑。古人会说，这是灵气所钟。什么又是灵气呢？灵气这东西摸不着，看不到，实在是玄妙得很。但是依我看，它又确实是存在着的。我们一到黄山，第一天晚上，坐在宾馆外深涧岸边，细听涧中水声，无意中捉到了一个萤火虫，发现它比别的地方的都大而肥壮。后来我们又发现这里的知了也比别的地方的大而肥壮，就连苍蝇也和别的地方不同，大得、壮得惊人，而在海拔近两千尺的天都峰顶，天风猎猎，人站在那里都摇摇欲坠，然而却能见到苍蝇，而且都有点气魄，飞驶迅速，呼啸而过。这实在使我吃惊不小。不用灵气所钟，又怎样解释呢？世界各国都有它们灵气所钟的地方，对于这些地方，只要我能走到、看到，我都喜爱、欣赏，一视同仁，绝不会有任何偏心。但是，有黄山这样灵气所钟的地方，我作为一个中国人感到无比地骄傲与幸福。我因此更热爱我们这一块土地，我更热爱我们这一个国家。我们也并不想把黄山秘而不宣，独自享受。“但愿人长久，千里共婵娟。”我也但愿世界永存，黄山永在，永远以它那无比美妙的山色，为我们提供无比美妙的怡悦。

我一下子又想到，古人说，人生要读万卷书，行万里路。又说太史公司马迁周览名山大川，故其文疏宕有奇气。还有人说，唐代大书法家张旭观公孙大娘舞剑器，因而书法大进。我现在游览了黄山，将来会产生什么样的影响呢？我一非文豪，二非书法家，这影响究竟要产生在什么地方呢？不管怎样，影响终归会有的，我且拭目以待。

我就是这样一边走，一边想，一边还欣赏四周奇丽景色，不知不觉地就回到了温泉。等到我从北海返回温泉的时候，我仿佛成了一个爱丽丝，我漫游了一个奇而又奇的奇境。过去一周的游踪，历历呈现在我心中。我的黄山梦于今实现了。但我并不满足于实现了梦境，而是梦得更加厉害起来。我仿佛还并没有到过真正的黄山，不，黄山对我来说，比原来还要陌生，还要奇妙，我直觉地感到，真正的黄山我还没有看到。我从北海归来，只看了黄山的皮毛。黄山的名胜真如五光十色，扑朔迷离，在那“万壑树参天，千山响杜鹃”中似乎还隐藏着什么秘密，有待于我，有待于其他人去发现，去欣赏，去惊叹。古时候有一首关于黄山的诗：

踏遍峨嵋与九嶷，无兹殊胜幻迷离。
任他五岳归来客，一见天都也叫奇。

我还没有历游五岳，也还没有到过峨嵋与九嶷。我对黄山、对天都叫奇，完全是很自然的。我相信，即使我有朝一日真的遍游五岳，登峨嵋，探九嶷，我再到黄山来，仍然会叫奇不绝的。

我来的时候，心里带来了一个假的黄山图，它一遇到真黄山就破碎消失了。我现在离开的时候，带走了一幅真正的黄山图，虽然我还不能相信，这一幅图就是黄山的真相。但是这幅黄山图将永远留在我的心中。经过了一段时间酝酿思忖，我现在写出了我心目中的黄山。但写的过程中，我时时怀疑我这一支拙笔会玷污了黄山。古人诗说："美人意态画不出，当时枉杀毛延寿。"我现在真觉得，"黄山意态写不出，枉费不眠数夜间"。《世说新语》任诞第二十三说：

桓子野每闻清歌，辄唤："奈何！"谢公闻之曰："子野可谓一往有深情。"

这里指的是，桓子野每闻清歌，辄情动乎中。我现在面对着黄山，心中有一美妙的黄山，笔下的黄山却并不那么美妙，我也只能学一学桓子野，徒唤奈何。

1979年12月9日写毕

佛山街头小景

我们每天准时从迎宾馆出发，出去参观访问。但一定要先在馆中上演一幕简短的“序剧”，地点就在水池岸边。玲玲总让那些花枝招展的服务小姐拿一碟鱼饵来，并请我撒向池中。池中的锦鲤似乎能通人性，只要我们在池边一站，它们就从远处摇摆着尾巴游了过来，恭候我们的布施。鱼饵一撒下去，鱼们立即活跃起来，拥拥挤挤，跌跌撞撞，一条鱼甚至压在另一条的身上，抢夺鱼饵。小池中一时波浪翻腾，水花四溅，形成了非常壮观的局面。

鱼饵撒完，序剧告终。

我们走出了大门。

我们走出了大门，并不是在佛山街头溜达，我们实在没有足够的时间或闲散的心情。俗话说“走马观花”，我们只能走“车”观花。正如今年年初在台北一样，“台北街头小景”都是透过车窗的玻璃看出来的。今天在佛山，“佛山街头小景”也都是在车上看到的、体会到的。完全出乎我意料。我原以为那如雷贯耳的佛山镇，不过是南国的在偏僻中初露繁华的比一般镇稍大的边鄙的城镇而已。今天身临其境，才发现我完全错了。佛山市并不比我在中国，在世界上许多地方看到的繁华的古城稍有逊色。这里的马路，虽然不像北京那样宽敞，然而马路上车水马龙，行人多如过江之鲫，挥汗成雨，联袂成风，拥拥挤挤，摩肩接踵。北京的王府井大街，上海的南京路，不过如此也。

我无论到哪一个新的城市，总好注意街旁的店铺。在这方面，佛山并没有什么特异之处，它不像台北那样，到处都有槟榔店，这里我一间也没有看到。同是亚热带潮湿闷热的气候，为什么两地竟这样悬殊，我说不明白。这里同广州一样，饭店酒楼林立，多半标出了“生猛海鲜”一类的宣传字样。对于广州的食品，我在上面已经略有涉及。只这“生猛”二字就是多么彰明昭著，多么生动有力。积多年之经验（含教训），我得到了一个真理：一个北方人在广东吃饭，一道菜端上桌来，你尽管伸筷猛夹，开口大嚼，你可千万别盘问是什么东西。否则的话，如果你得到的回答是长虫（蛇）或水中山上的某一种虫子或动物，则你必悚然败下阵来，筷欲伸而退避，口欲开而紧闭，这一顿饭你准吃不好。

我还有一个习惯，也许是一个好习惯，这就是，我不管走到什么地方，总注意当地的花草树木。我在中国北方住了一辈子，抬头见松柏，环视唯柳槐，繁花虽满地，少是终年开，心中颇以为憾。现在来到了佛山，在北方季节已经到了初冬，此地却还似盛夏，花树繁茂，眼光所及，无非姹紫嫣红，真正是顾而乐之。但是也还有遗憾之处，就是不知道花的名称。当年中国诗人李思纯到了巴黎花都，只能“对月略能推汉历，看花苦为译秦名”。我在佛山，确实用不着推汉历，也用不着译秦名，可是我连汉名也不知道。因此，我改作了两句：“对月无需推汉历，看花难于问姓名。”我的心情可见一斑。无奈，我只能迷离模糊地欣赏花的秀色了。

我在广州街头就曾得到一个印象：同北京比较起来，这里的摩托车要比北京多得多。然而到了佛山才发现，这里的摩托车比广州还要多。这使我一下子回忆起泰国的曼谷来。几年前，我曾在那里待过几天。曼谷的堵车现象名震寰宇。有时候一堵就是几个小时。此时，我坐在车中，好像被囚在一座古堡里，车窗变成了囚窗，心中满怀雄心壮志，有如一只搏云天而上腾的大鹏，却是伤了翅膀，动弹不了。我莫名其妙地想到两句唐诗："沉舟侧畔千帆过，病树前头万木春。"千帆是什么呢？就是在汽车的夹缝里颇为迅速敏捷地走动的摩托车。佛山的摩托车的数量确实还不能同曼谷比肩，然而已颇为可观了。困扰北京交通的自行车，在这里变成了稀有品种，有时候竟像在日本一样走在人行道上。摩托车则在街尾爬行的汽车长龙中，翩若惊鸿，宛若游龙，在汽车群的缝隙中，左闪右躲，前瞻后顾，转瞬就飞出去老远老远。驾驶摩托车的人，因为一律头戴钢盔，乍看上去，不辨雌雄。但是，有时候我从车窗里忽然看出去，瞥见摩托车的脚蹬上挂着一只高跟鞋的高跟，再抬头向上一看，头盔的外面有几缕秀发在风中飞动，我一下子就恍然了：驾车者是一位妙龄靓女，威武秀逸，雄风不减须眉，宛如《红楼梦》中提到的"姽婳将军"，真让我们这些外地人喜煞，羡煞。

2000年1月

山中逸趣

置身饥饿地狱中，上面又有建造地狱时还不可能有的飞机的轰炸，我的日子比地狱中的饿鬼还要苦上十倍。

然而，打一个比喻说，在英雄交响乐的激昂慷慨的乐声中，也不缺少像莫扎特的小夜曲似的情景。

哥廷根的山林就是小夜曲。

哥廷根的山不是怪石嶙峋的高山，这里土多于石，但是确又有山的气势。山顶上的俾斯麦塔高踞群山之巅，在云雾升腾时，在乱云中露出的塔顶，望之也颇有蓬莱仙山之概。

最引人入胜的不是山，而是林。这一片丛林究竟有多大，我住了十年也没能弄清楚，反正走几个小时也走不到尽头。林中主要是白杨和橡树，在中国常见的柳树、榆树、槐树等，似乎没有见过。更引人入胜的是林中的草地。德国冬天不冷，草几乎是全年碧绿。冬天雪很多，在白雪覆盖下，青草也没有睡觉，只要把上面的雪一扒拉，青翠欲滴的草立即显露出来。每到冬春之交时，有白色的小花，德国人管它叫“雪钟儿”，破雪而出，成为报春的象征。再过不久，春天就真的来到了大地上，林中到处开满了繁花，一片锦绣世界了。

到了夏天，雨季来临，哥廷根的雨非常多，从来没听说有什么旱情。本来已经碧绿的草和树木，现在被雨水一浇，更显得浓翠逼人。整个山林，连同其中的草地，都绿成一片，绿色仿佛塞满了寰中，涂满了天地，到处是绿，绿，绿，其他的颜色仿佛一下子都消逝了。雨中的山林，更别有一番风味。连绵不断的雨丝，同浓绿织在一起，形成一张神奇、迷茫的大网。我就常常孤身一人，不带什么伞，也不穿什么雨衣，在这一张覆盖天地的大网中，踽踽独行。除了周围的树木和脚底下的青草以外，仿佛什么东西都没有，我颇有佛祖释迦牟尼的感觉，“天上天下，唯我独尊”了。

一转入秋天，就到了哥廷根山林最美的季节。我曾在《忆章用》一文中描绘过哥城的秋色，受到了朋友的称赞，我索性抄在这里：

> 哥廷根的秋天是美的，美到神秘的境地，令人说不出，也根本想不到去说。有谁见过未来派的画没有？这小城东面的一片山林在秋天就是一幅未来派的画。你抬眼就看到一片耀眼的绚烂。只说黄色，就数不清有多少等级，从淡黄一直到接近棕色的深黄，参差地抹在一片秋林的梢上，里面杂了冬青树的浓绿，这里那里还点缀上一星星鲜红，给这惨淡的秋色涂上一片凄艳。

我想，看到上面这一段描绘，哥城的秋山景色就历历如在目前了。

一到冬天，山林经常为大雪所覆盖。由于温度不低，所以覆盖不会太久就融化了；又由于经常下雪，所以总是有雪覆盖着。上面的山林，一部分依然是绿的；雪下面的小草也仍旧碧绿。上下都有生命在运行着。哥廷根城的生命活力似乎从来没有停息过，即使是在冬天，情况也依然如此。等到冬天一转入春天，生命活力没有什么覆盖了，于是就彰明昭著地腾跃于天地之间了。

哥廷根的四时的情景就是这个样子。

从我来到哥城的第一天起，我就爱上了这山林。等到我堕入饥饿地狱，等到天上的飞机时时刻刻在散布死亡时，只要我一进入这山林，立刻在心中涌起一种安全感。山林确实不能把我的肚皮填饱，但是在饥饿时安全感又特别可贵。山林本身不懂什么饥饿，更用不着什么安全感。当全城人民饥肠辘辘，在英国飞机下心里忐忑不安的时候，山林却依旧郁郁葱葱，“依旧烟笼十里堤”。我真爱这样的山林，这里真成了我的世外桃源了。

我不知道有多少次，一个人到山林里来；也不知道有多少次，同中国留学生或德国朋友一起到山林里来。在我记忆中最难忘记的一次畅游，是同张维和陆士嘉在一起的。这一天，我们的兴致都特别高。我们边走，边谈，边玩，真正是忘路之远近。我们走呀，走呀，已经走到了我们往常走到的最远的界限，但在不知不觉之间就走越了过去，仍然一往直前。越走林越深，根本不见任何游人。路上的青苔越来越厚，是人迹少到的地方。周围一片寂静，只有我们的谈笑声在林中回荡，悠扬，遥远。远处在林深处听到柏叶上有窸窣的声音，抬眼一看，是几只受了惊的梅花鹿，瞪大了两只眼睛，看了我们一会，立即一溜烟似的逃到林子的更深处去了。我们最后走到了一个悬崖上，下临深谷，深谷的那一边仍然是无边无际的树林。我们无法走下去，也不想走下去，这里就是我们的天涯海角了。回头走的路上，遇到了雨。躲在大树下，避了一会雨。然而雨越下越大，我们只好再往前跑。出我们意料之外，竟然找到了一座木头凉亭，真是避雨的好地方。里面已经先坐着一个德国人。打了一声招呼，我们也就坐下，同是深林躲雨人，相逢何必曾相识。我们没有通名报姓，就上天下地胡谈一通，宛如故友相逢了。

这一次畅游始终留在我的记忆里，至今难忘。山中逸趣，当然不止这一桩。大大小小、琐琐碎碎的事情，还可以写出一大堆来。我现在一律免掉。我写这些东西的目的，是想说明，就是在那种极其困难的环境中，人生乐趣仍然是有的。在任何情况下，人生也绝不会只有痛苦，这就是我悟出的禅机。

游天池

有如一个什么神仙，从天堂上什么地方，把一个神仙的池塘摔了下来，落到地上，落到天山里面，就成了现在的天池。

民间流传的神话说，半山的小天池是王母娘娘的洗脚盆，山顶上的大天池是王母娘娘的浴池。如果真有一个王母娘娘的话，她的洗脚盆或者浴池大概也只能是这个样子。“西望瑶池降王母”，唐代大诗人杜甫已经这样期望过了。至于她究竟降下来了没有，我们不得而知。如今却只是王母已乘青鸾去，此地空余双天池。

今天我们就来到了这个天池。

早就听到新疆朋友们说，到新疆来而不去天池，那就等于没有来。我们绝不甘心到了新疆而等于没有来，所以在百忙中冒着传说中天池的寒气从乌鲁木齐蹓行两百多里路来到了这里。

天山像一团黑云，横亘天际。从很远的地方就可以望到山顶上白皑皑的雪峰，插入蔚蓝的天空。我在内地从来没有看到过真正的雪峰。来到这里，乍一看到，眼前仿佛一下子亮了起来，兴致也随之而腾涌。车子一开进大山，不时看到哈萨克牧民赶着羊群或马群，用老黄牛驮着蒙古包，从山上迤逦走下山来。耳朵里听到的是从万古雪峰上融化后流下来的雪水在路旁山溪中潺湲的声音。靠近我们的山峰顶上并没有雪，只是在山脊的背阴处长满茂密的松林，据说是原始森林。一棵棵古松都长得苍劲挺直，整整齐齐地排在那里。不长松林的地方，也都是绿草如茵，青翠如碧琉璃。在这些山峰的背后，就是万古雪峰，仿佛近在眼前，伸手就能够抓一把雪过来。然而，据说有一些雪峰还没有人爬上去过哩。

在一路泉声的伴奏下，车子盘旋而上。有时候路比较平坦；有时候则非常陡。往往是转过一个大弯以后，下视走过的山路，深深地落到脚下，令人目眩不敢久视。走到半山的时候，路旁出现了一个圆圆的颜色深绿的池塘，这就是所谓小天池。在这样高的地方，有这样深的池塘，不是从天上摔下来又是从什么地方来的呢？汽车再往上盘旋，最后来到一个山脊上。眼前豁然开朗，久仰大名的大天池就展现在眼前。烟波浩渺，水色深碧，据说是深不可测。在海拔两千米的地方，在众山环抱中，在一系列小山的下面，居然有这样一个湖泊。不见是不会相信的，见了仍然不能相信。这更加强了我的疑问：不是从天上摔下来又是从什么地方来的呢？在这里，幻想大有驰骋的余地，神话也大有销售的市场。天池对面的山坡上长满了挺拔的青松，青松上面是群峰簇列。在众峰之巅就露出了雪峰，在阳光下亮晶晶闪着白光，仿佛离我们更近了。我们此时心旷神怡，逸兴遄飞，面对神话般的雪峰，真像是羽化而登仙了。

在池边的乱石堆中，却另有一番景象。这里人来人往，摩肩接踵，吵吵嚷嚷，拥拥挤挤，一点也没有什么仙气。有很多工厂或者什么团体，从几百里路以外，用汽车运来了肥羊，就在池边乱石堆中屠宰，鲜血溅地，赤如桃花；而且就地剥皮剔肉，把滴着鲜血的羊皮晒在石头上。在石旁支上大锅，做起手抓饭来。碧水池畔，炊烟滚滚；白山脚下，人声喧哗。那些带着酒瓶和乐器的人，又吃又喝，载歌载舞，划拳之声，震响遐迩。卖天山雪莲的人，也挤在里面，大凑其热闹。连那些哈萨克人放牧的牛，没有人管束，也挤在人群中，尖着一双角，摇着尾巴，横冲直撞，旁若无人。我想，不但这些牛心中眼中没有什么雪峰天池，连那些人，心中眼中也同样没有什么雪峰天池。他们眼中看到的只是一碗手抓羊肉，一杯美酒。他们不过是把吃手抓羊肉的地方掉换一下而已。我仿佛看到雪峰在那里蹙眉，天池在那里流泪……

至于我们自己，我们从远方来的人却是心中只有天池，眼中只有雪山。我恨不能把这白山绿水搬到关内，让广大的人民共饱眼福。这当然是不可能的。我只有瞪大了眼睛，看着天池和雪峰，我想用眼睛把它们搬走。我看着，看着，眼前的景色突然变幻。王母娘娘又回来了。她正驾着青鸾，飞翔在空中，仙酒蟠桃，翠盖云旗，随从如云，侍女如雨，飞过雪峰，飞过青松，就停留在天池上面。“于是屏翳收风，川后静波，冯夷鸣鼓，女娲清歌。腾文鱼以警乘，鸣玉銮以偕逝。六龙俨其齐首，载云车之容裔。鲸鲵踊而夹毂，水禽翔而为卫。”此时云霞满天，彩虹如锦，幻成一幅五色缤纷的画图。

但是，幻象毕竟只是幻象。一转瞬间，一切都消逝无余。展现在眼前的仍然是碧波荡漾的天池，郁郁葱葱的青松，闪着白光的雪峰和熙攘往来的人群。这时候，日头已经有点偏西，雪峰的阴影似乎就要压了下来。是我们下山的时候了。我们又沿着盘山公路，驶下山去。走到小天池的时候，回望雪峰，在大天池只能看到两座峰顶，这里却看到了五座，白皑皑，亮晶晶刺入蔚蓝无际的晴空。

1979年8月3日写于乌鲁木齐野营地

1980年5月14日改毕于北京

在敦煌

刚看过新疆各地的许多千佛洞，在驱车前往敦煌莫高窟千佛洞的路上，我心里就不禁比较起来：在那里，一走出一个村镇或城市，就是戈壁千里，寸草不生；在这里，一离开柳园，也是平野百里，禾稼不长，然而却点缀着一些骆驼刺之类的沙漠植物，在一片黄沙中绿油油地充满了生意，看上去让人不感到那么荒凉、寂寞。

我们就是走过了数百里这样的平野，最终看到一片葱郁的绿树，隐约出现在天际，后面是一列不太高的山岗，像是一幅中国水墨山水画。我暗自猜想：敦煌大概是来到了。

果然是敦煌到了。我对敦煌真可以说是“久仰大名，如雷贯耳”了。我在书里读到过敦煌，我听人谈到过敦煌，我也看过不知多少敦煌的绘画和照片。几十年梦寐以求的东西如今一下子看在眼里，印在心中，“乍见翻疑梦”，我似乎有点怀疑，这是否是事实了。

敦煌毕竟是真实的。它的样子同我过去看过的照片差不多，这些我都是很熟悉的。此处并没有崇山峻岭，幽篁修竹，有的只不过是几个人合抱不过来的千岁老榆，高高耸入云天的白杨，金碧辉煌的牌楼，开着黄花、红花的花丛。放在别的地方，这一切也许毫无动人之处；然而放在这里，给人的印象却是沙漠中的一个绿洲，戈壁滩上的一颗明珠，一片淡黄中的一点浓绿，一个不折不扣的世外桃源。

至于千佛洞本身，那真是琳琅满目，美不胜收，五光十色，云蒸霞蔚。无论用多么繁缛华丽的语言文字，不管这样的语言文字有多少，也是无法描绘，无法形容的。这里用得上一句老话了：“只能意会，不能言传。”洞子共有四百多个，大的大到像一座宫殿，小的小到像一个佛龛。几乎每一个洞子里都画着千佛的像。洞子不论大小，墙壁不论宽窄，无不满满地画上了壁画。艺术家好像绝不吝惜自己的精力和颜料，绝不吝惜自己的光阴和生命，把墙壁上的每一点空间，每一寸的空隙，都填得满满的，多小的地方，他们也绝不放过。他们前后共画了一千年，不知流出了多少汗水，不知耗费了多少心血，才给我们留下了这些动人心魄的艺术瑰宝。有的壁画，就暴露在光天化日之下，经过了一千年的风吹、雨打、日晒、沙浸，但彩色却浓郁如新，鲜艳如初。想到我们先人的这些业绩，我们后人感到无比地兴奋、震惊、感激、敬佩，这难道不是很自然的吗？

我们走进了洞子，就仿佛走进了久已逝去的古代世界，甚至古代的异域世界；仿佛走进了神话的世界，童话的世界。尽管洞内洞外一点声音都没有，但是看到那些大大小小的雕塑，特别是看到墙上的壁画：人物是那样繁多，场面是那样富丽，颜色是那样鲜艳，技巧是那样纯熟，我们内心里就不禁感到热闹起来。我们仿佛亲眼看到释迦牟尼从兜率天上骑着六牙白象下降人寰，九龙吐水为他洗浴，一下生就走了七步，口中大声宣称："天上天下，唯我独尊。"我们仿佛看到他读书、习艺。他力大无穷，竟把一只大象抛上天空，坠下时把土地砸了一个大坑。我们仿佛看到他射箭，连穿七个箭靶。我们仿佛看到他结婚，看到他出游，在城门外遇到老人、病人、死人与和尚，看到他夜半乘马逾城逃走，看到他剃发出家。我们仿佛看到他修苦行，不吃东西，修了六年，把眼睛修得深如古井。我们又仿佛看到他幡然改变主意，毅然放弃了苦行，吃了农女献上的粥，又恢复了精力，走向菩提树下，同恶魔波旬搏斗，终于成了佛。成佛后到处游行，归示，度子，年届八旬，在双林涅槃。使我们最感兴趣、给我们印象最深的是那许许多多的涅槃的画。释迦牟尼已经逝世，闭着眼睛，右胁向下躺在那里。他身后站着许多和尚和俗人。前排的人已经得了道，对生死漠然置之，脸上毫无表情地站在那里。后排的人，不管是国王，各族人民，还是和尚、尼姑，因为道行不高，尘欲未去，参不透生死之道，都号啕大哭，有的捶胸，有的打头，有的击掌，有的顿足，有的撕发，有的裂衣，有的甚至昏倒在地。我们真仿佛听到哭声震天，看到泪水流地，内心里不禁感到震动。最有趣的是外道六师，他们看到主要敌手已死，高兴得弹琴、奏乐、手舞、足蹈。在盈尺或盈丈的墙壁上，宛然一幅人生哀乐图。这样的宗教画，实际上是人世社会的真实描绘。把千载前的社会现实，栩栩如生地搬到我们今天的眼前来。

在很多洞子里，我们又仿佛走进了西方的极乐世界，所谓净土。在这个世界里，阿弥陀佛巍然坐在正中。在他的头上、脚下、身躯的周围画着极乐世界里各种生活享受：有妓乐，有舞蹈，有杂技，有饮馔。好像谁都不用担心生活有什么不足，衣来伸手，饭来张口。而且这些饮食和衣服，都用不着人工去制作。到处长着如意神树，树枝子上结满了各种美好的饮食和衣着，要什么，有什么，只需一伸手一张口之劳，所有的愿望就都可以满足了。小孩子们也都兴高采烈，他们快乐得把身躯倒竖起来。到处都是美丽的荷塘和雄伟的殿阁，到处都是快活的游人。这些人同我们这些凡人一样，也过着世俗的生活。他们也结婚。新郎跪在地上，向什么人叩头。新娘却站在那里，羞答答不肯把头抬。许多参加婚礼的客人在大吃大喝。两只鸿雁站在门旁。我早就读过古代结婚时有所谓“奠雁”的礼节，却想不出是什么情景。今天这情景就摆在我眼前，仿佛我也成了婚礼的参加者了。他们也有老死。老人活过四万八千岁以后，自己就走到预先盖好的坟墓里去。家人都跟在他后面，生离死别。虽然也有人磕头涕哭，但是总起来看，脸上的表情却都是平静的、肃穆的，好像认为这是人生规律，无所用其忧戚与哀悼。所有这一切世俗生活的绘画，当然都是用来宣扬一个主题思想：不管在什么样的生活环境中，只要一心念阿弥陀佛，就可以往生净土，享受天福。这当然都是幻想，甚至是欺骗。但是艺术家的态度是认真的，他们的技巧是惊人的。他们仔细地描，小心地画，结果把本是虚无缥缈的东西画得像真实的事物一样，生动活泼地、毫不含糊地展现在我们眼前，让我们对于历史得到感性认识，让我们得到奇特美妙的艺术享受。艺术家可能真正相信这些神话的，但是这对我们是无关重要的，重要的是他们的画。这些画画得充满了热情，而且都取材于现实生活。在世界各国的历史上，所有的神仙和神话，不管是多么离奇荒诞，他们的模特儿总脱离不开人和人生，艺术家通过神仙和神话，让过去的人和人生重现在我们眼前。我们探骊得珠，于愿已足，还有什么可以强求的呢？

最使我吃惊的是一件小事：在这富丽堂皇的极乐世界中，在巍峨雄伟的楼台殿阁里，却忽然出现了一只小小的老鼠，鼓着眼睛，尖着尾巴，用警惕狡诈的目光向四下里搜寻窥视，好像见了人要逃窜的样子。我很不理解，为什么艺术家偏偏在这个庄严神圣的净土里画上一只老鼠。难道他们认为，即使在净土中，四害也是难免的吗？难道他们有意给这万人向往的净土开上一个小小的玩笑吗？难道他们有意表示即使是净土也不是百分之百的纯洁吗？我们大家都不理解，经过推敲与讨论，仍然是不理解。但是我们都很感兴趣，认为这位艺术家很有勇气，绝不因循抄袭，绝不搞本本主义，他敢于石破天惊地去创造。我们对他都表示敬意。

在许多洞子里，我们还看到了许多经变，什么法华经变，楞伽经变，金光明经变，如此等等。艺术家把经中的许多章节，不是根据经文，而是根据变文，用绘画的形式表现出来。在这些经变里，法华经普门品似乎是最受欢迎的一品。普门品说，谁要是一心称观世音菩萨的名，入大火，大火不能烧；入大水，大水不能漂；入海求宝遇到黑风，船飘坠罗刹国，可以解脱罗刹之难；遭迫害临刑，刑刀段段坏；女子求生男孩，就可以生福德智慧之男，求生女孩，就可以生端正有相之女。总之，威灵显赫，有求必应。画上最多的是临刑刀寸寸断的情景。这似乎是最能形象地表现观音菩萨的法力的一个题材。但是我们也可以看到许多描绘人民生活和生产的情景。一个农民赶着耕牛去耕地。许多小手工业者坐在那里制作什么东西。人们在家里面安静地宴客。人们在花园中游乐。人们到灞桥去送别亲友，折杨柳为赠。我曾在不知多少唐诗中读到这情景，今天才第一次在绘画上看到。最有意思的、最耐人寻味的是许多绘画，画的是人们大便的情景，刷牙的情景，据我所知道的，在世界各国任何时代的任何绘画中都难找到这样的绘画。这好像也成了绘画的禁区。然而我们的艺术家却有勇气冲破这不成文而事实上却存在的禁区，把这种细微并不那么太雅观的情景画给我们看。除了佩服以外，我还能说些什么呢？此外，描绘舞蹈的场面和杂技的场面，也是非常动人的。一个个乐队，一个个乐工，手中执着各种各样的乐器，什么箫、笛、筝、琴、箜篌、排箫、阮咸、琵琶，还有尺八，神情是这样逼真，人物是这样细致，我们耳中仿佛能听到各种乐器和谐的弹奏声，静静的洞子一时喧阗起来。舞蹈的场面也很动人。男女舞人，翩翩起舞，有人甩着长大的袖子，有人动作非常强烈，所谓“胡旋舞”大概就是这个样子吧。我们看到的虽然不是真正舞蹈，而只是绘画，但是我们也恍然感到“观者如山色沮丧，天地为之久低昂。㸌如羿射九日落，矫如群帝骖龙翔。来如雷霆收震怒，罢如江海凝清光”。至于杂技，更是动人心魄。一个演员站在那里，头上顶着长竿，竿顶上站着一个人，人头顶上还站着一个小孩子。看那摇摇欲坠的样子，我们不禁为画上的古人担忧起来。然而，不要怕，两旁还站着两个人哩。他们好像是为了防备万一而站在那里。虽然都戴着纱帽，斯斯文文的，看来好像也满有把握。我们可以放心了。前面坐着一些人，这大概就是观众。画面上人数不算多，但看上去却热闹得很。在古代文化交流中，音乐、舞蹈和杂技，好像是占着突出的地位。在新疆的许多千佛洞中，这样的场面也是随时可见的。

在所有的经变中，维摩诘经变是最常见的。这一部经在唐代大概非常流行、非常受欢迎。唐代一个姓王的大诗人，取名维，字摩诘，合起来就是维摩诘，就是一个很好的证明。我们在很多洞子里，都看到关于维摩诘的壁画。尽管大小不同，洞子不同，但是他的形象却基本上是一致的。维摩诘手执麈尾或者扇子，傲然地斜坐在一张床上，眼神嘴角流露出一副能言善辩、轻蔑藐视的神态。这一部经本身就是一部很好的长篇小说，讲的是一个佛教的居士，名叫维摩诘，唐玄奘译为无垢称。他深通佛法，辩才无碍。有一次他病了，如来佛派大弟子舍利弗去问疾。舍利弗吃过他辩才的苦头，有点发怵不敢去。佛又派大目犍连、大迦叶、须菩提、富楼那弥多罗尼子、摩诃迦旃延、阿那律、优波离、罗睺罗、阿难、弥勒菩萨、善德等去，但是谁也没有胆量去。最后文殊师利膺命前往。维摩诘以神力空其室内，只留下了一张床，他生病坐在上面。于是二人展开了一场辩才战。诸菩萨、大弟子、群释、四天王等都赶来瞧热闹。后来舍利弗和大迦叶也赶了来。最后文殊师利和维摩诘一起来见佛。这一篇小说似的经文以如来把正法付嘱于弥勒佛而结束。小说本身内容很丰富，辩论很激烈，描绘很生动，对话很犀利。壁画更发展了这一部经文，把故事画得热闹非常、生动活泼，具有极大的感染力。维摩诘仿佛就要从床上站立起来，而且要走下墙来，同我们展开一场唇枪舌战……

在许多洞子里，除了神话故事以外，还画着许多世俗画。开洞的窟主往往把自己以及一家人都画在墙上。有时候画上一队男官人，前面的几个都是秃头的和尚；一队贵妇前面几个是秃头的尼姑。这是本家庭里面出家的人，是他们的光荣，是他们的骄傲，所以才被画在前面。这些男女贵人排成队，好像要向佛爷走去。他们为什么要把自己的像画在这千佛洞里呢？是为了宗教功德吗？还是为了永垂不朽？恐怕二者都有一点吧。最引人注目的是张义潮出游图。唐代这一个独霸一方的大军阀、大官僚，在河西一带很有势力，很有影响，他一跺脚，整个河西走廊都会震动。他的家族开凿了不少的洞子，在一个洞子里就画着自己出游的情景。他自己巍然骑在马上，前面是部队开路，也都骑着马，有的手里拿着乐器，有的手里举着旗帜。拿乐器的正在猛吹猛奏，好像是要行人回避，也好像是在为军容壮声威。后面跟的是成群的扈从，都是宽衣博带，雍容华贵。乐器中除了喇叭等之外，还有画角，我从小念唐诗，不知多少次碰到“画角”这个字眼，但是始终没有见过画角是什么样子。今天见面，宛如故友重逢，分外感到亲切。总之，这一幅一千多年前的出游行乐图，彩色鲜艳地、生动活泼地摆在我们眼前。当时的情景跃然壁上。我们今天站在下面看壁画的人，恍惚间成了当时站在路旁的旁观者，看人马杂沓，车如流水，乐声喧腾，尘土飞扬，好像正从墙壁的一端走向另一端，转瞬即逝。

在一个洞子里，我们还看到一幅巨大的五台山图。既然是五台山，当然与宣扬文殊菩萨是分不开的。但是我们今天看到的却是一幅用绘画形式表现出来的地图和人民生活图。这幅图上画的是从镇州（正定）一直到并州（太原）旅途的情景。这条绵延数百里的路是同绵延数百里的五台山分不开的。这座大山峰峦起伏，山头林立，宛如雨后的春笋一般。山上的名刹都画出了房舍，标出了名字。山下则是一条商路。商人们熙熙攘攘，车水马龙，牲口背上驮着货物，匆匆忙忙向前趱行。旅途是遥远的，就必然要有住宿的客店。于是在图上许多地方都画着客店。店主人、店小二在热情地招呼客人，客人则是出出进进，热闹非常。我们今天的中国青年，甚至中年老年，习惯于住北京饭店、国际饭店一类的高楼大厦，对古代商人旅人行路困难丝毫没有认识。读到“鸡声茅店月，人迹板桥霜”，还有什么“夕阳西下，断肠人在天涯”，也许还能引起一些遐思，但是绝不会引起同情，我们对那种生活已经非常非常隔膜了。但是这一幅五台山图，会把我们带回到当年的生活环境中去，让我们做一个思古的梦。从这个意义上来讲，这一幅壁画无疑是我们的国宝之一。当年有一个国家要出十万美元，收买这一幅壁画，没有得逞，否则我们的这件国宝早已到了波士顿博物馆之类的地方去了。岂不惜哉！

在另外一些洞子里，我们还看到一些和尚西行求法的壁画。这也是必然的。开凿这些洞子主要的是为了宣扬佛教。“千佛洞”这个名词本身就说明了一切。佛教来自印度，这里画着许多出生在印度的佛爷和菩萨，是很自然的。但是如果没有中国和尚到印度去取经，没有印度和尚到中国来送经，佛教是绝不会自己走了来的。因此，我们总是期望，在某一些洞子里能够看到中国西行求法的和尚，事实上也正是这样，我们看到了，而且看到的还不少。一提到西行求法，谁都会立刻就想到唐代高僧玄奘。在一个洞子里，我们确实看到了唐僧取经的壁画。这是一幅水月观音的巨大的壁画，水月观音巨大的身躯几乎占满了全壁。他身上衣着金碧辉煌，头上冠冕富丽堂皇。令人吃惊的是，他嘴上居然还留着一撮小胡子。他神态倨傲又慈悲，伸脚坐在那里。在壁画的右下角一块小小的地方画着玄奘，双手合十站在一个悬崖上，面向水月观音，好像就正向他致敬。他身后是大徒弟孙悟空，手里牵着那一匹小白龙变成的马。二徒弟猪八戒和三徒弟沙僧跑到哪里去了呢？看样子他们并没有去寻山探路，也不是去托钵求斋，他们还站在壁画外面，正在向着壁画里走哩。

同求法高僧有联系的是商人。宗教按理说是出世的，和尚尼姑是不许触摸金银的。而“商人重利轻别离”，他们总是想赚大钱的。他们之间是风马牛不相及的，哪里会有什么联系呢？但是所有在中国境内的千佛洞都是开凿在丝绸之路沿线的，丝绸之路顾名思义是一条商业大道。这就有力地说明了二者间的密切关系。在印度佛教史上，从佛祖释迦牟尼开始，就同商人有亲密的往来，和尚和商人，不但相辅相成，而且相依为命。所以丝绸之路，同时也是宗教之路。中国、印度和其他国家的高僧很大一部分是走丝绸之路来往的。因此，在千佛洞里除了求法高僧外，看到商人的壁画，也是很自然的。在新疆拜城克孜尔千佛洞中，我曾在一壁佛画的中间一小块空隙中看到一个穿伊朗服装的商人，赶着几匹骆驼，上面驮着中国出产的丝，正在走路的样子。一个佛爷站在旁边，把自己的右手的两个指头像点蜡烛一样点了起来，发出万丈光芒，照亮了丝绸之路。这幅壁画的用意是再清楚不过的，这里用不着多说。在敦煌的千佛洞里，丝绸之路也有所表现。贩运丝绸的中外商人，赶着骆驼和马，向西方迈进。沙路茫茫，前途万里，而商人毫不气馁。有的地方画着商人在路上走路的情况。路大概是很难走，马走得乏了，再也不想前进，于是一个商人在前面用力牵，另一个商人在后面拼命地用鞭子抽打，人忙马嘶的情景宛在目前，宛在耳边。还有不少地方画着商人遇劫的情况。一些绿林豪客手执明晃晃的钢刀，耀武扬威地挡在那里。商人们则卑躬屈膝，甚至跪在地上求饶，觳觫之状可掬，他们仿佛是在对话，声音就响在我们耳边。可见，虽然有佛光照亮万里长途，但人间毕竟是人间，行路难之叹，唐代诗人早就发出来了，何况是漫漫数万里呢？至于海上商路，虽然不在丝绸之路上，但是我们的艺术家也不放过。我们在几个地方都看到航海的商船。船并不大，上面画着几个人，好像都已经把船占满了，有点象征主义的味道。但是船外的海涛绝不含糊地告诉我们，这是漂洋过海的壮举。为什么在万里之外的甘肃、新疆大沙漠里，竟然画到海上贸易呢？这一点，我还不十分清楚，也还要推敲而且研究。

总之，洞子共有四百多个，壁画共有四万多平方米，绘画的时间绵延了一千多年，内容包括了天堂、净土、人间、地狱、华夏、异域、和尚、尼姑、官僚、地主、农民、工人、商人、小贩、学者、术士、妓女、演员，男、女、老、幼，无所不有。在短短的几天之内，我仿佛漫游了天堂、净土，漫游了阴司、地狱，漫游了古代世界，漫游了神话世界，走遍了三千大千世界，攀登神山须弥山，见到了大梵天、因陀罗，同四大天王打过交道，同牛首马面有过会晤，跋涉过迢迢万里的丝绸之路，漂渡烟波浩渺的大海大洋，看过佛爷菩萨的慈悲相，听维摩诘的辩才无碍，我脑海里堆满色彩缤纷的众生相，错综重叠，突兀峥嵘，我一时也清理不出一个头绪来。在短短几天之内，我仿佛生活了几十年。在过去几十年中，对于我来说是非常抽象的东西，现在却变得非常具体了。这包括文学、艺术、风俗、习惯、民族、宗教、语言、历史，等等领域。我从前看到过唐代大画家阎立本的帝王图，李思训的金碧山水，宋朝米襄阳米点山水，明朝陈老莲的人物画，大涤子的山水画，曾经大大地惊诧于这些作品技巧之完美，意境之深邃，但在敦煌壁画上，这些都似乎是司空见惯，到处可见。而且敦煌壁画还要胜它们一筹：在这里，浪漫主义的气氛是非常浓的。有的画家竟敢画一个乐队，而不画一个人，所有的乐器都系在飘带上，飘带在空中随风飘拂，乐器也就自己奏出声音，汇成一个气象万千的音乐会。这样的画在中国绘画史上，甚至在别的国家的绘画史上能够找得到吗？

不但在洞子里我们好像走进了久已逝去的古代世界，就是在洞子外面，我们倘稍不留意，就恍惚退回到历史中去。我们游览国内的许多名胜古迹时，总会在墙壁上或树干上看到有人写上的或刻上的名字和年月之类的字，什么某某人何年何月到此一游。这种不良习惯我们真正是已经司空见惯，只有摇头苦笑。但要追溯这种行为的历史那恐怕是古已有之了。《西游记》上记载着如来佛显示无比的法力，让孙悟空在自己的手掌中翻筋斗，孙悟空翻了不知多少十万八千里的筋斗，最后翻到天地尽头，看到五根肉红柱子，撑着一股青气。为了取信于如来佛，他拔下一根毫毛，吹口仙气，叫："变！"变作一管浓墨双毫笔，在那中间柱子上写一行大字云："齐天大圣，到此一游。"还顺便撒了一泡猴尿。因此，我曾想建议这一些唯恐自己的尊姓大名不被人知、不能流传的善男信女，倘若组织一个学会时，一定要尊孙悟空为一世祖。可是在敦煌，我的想法有些变了。在这里，这样的善男信女当然也不会绝迹。在墙壁上题名刻名到处可见，这些题刻都很清晰，仿佛是昨天才弄的。但一读其文，却是康熙某年，雍正某年，乾隆某年，已经是几百年以前的事了。当我第一次看到的时候，我不禁一愣：难道我又回到康熙年间去了吗？如此看来，那个国籍有点问题的孙悟空不能专"美"于前了。

我们就在这样一个仿佛远离尘世的弥漫着古代和异域气氛的沙漠中的绿洲中生活了六天。天天忙于到洞子里去观看。天天脑海里塞满了五光十色丰富多彩的印象，塞得是这样满，似乎连透气的空隙都没有。我虽局处于斗室之中，却神驰于万里之外；虽局限于眼前的时刻之内，却恍若回到千年之前。浮想联翩，幻影沓来，是我生平思想最活跃的几天。我曾想到，当年的艺术家们在这样阴暗的洞子里画画，是要付出多么大的精力啊！我从前读过一部什么书，大概是美术史之类的书，说是有一个意大利画家，在一个大教堂内圆顶天篷上画画，因为眼睛总要往上翻，画了几年之后，眼球总往上翻，再也落不下来了。我们敦煌的千佛洞比意大利大教堂一定要黑暗得多，也要狭小得多，今天打着手电，看洞子里的壁画，特别是天篷上藻井上的画，线条纤细，着色繁复，看起来还感到困难，当年艺术家画的时候，不知道有多少困难要克服。周围是茫茫的沙碛，夏天酷暑，而冬天严寒，除了身边的一点浓绿之外，放眼百里惨黄无垠。一直到今天，饮用的水还要从几十里路外运来，当年的情况更可想而知。在洞子里工作，他们大概只能躺在架在空中的木板上，仰面手执小蜡烛，一笔一笔地细描细画。前不见古人，我无法见到那些艺术家了。我不知道他们的眼睛是否也翻上去再也不能下来。我不知道是一种什么力量在支撑着他们，在那样艰苦的条件下给我们留下了这样优美的杰作，惊人的艺术瑰宝。我们真应该向这些艺术家们致敬啊！

我曾想到，当年中国境内的各个民族在这一带共同劳动，共同生活，有的赶着羊群、牛群、马群，逐水草而居，辗转于千里大漠之中；有的在沙漠中一小块有水的土地上辛勤耕耘，努力劳作。在这里，水就是生命，水就是幸福，水就是希望，水就是一切，有水斯有土，有土斯有禾，有禾斯有人。在这样的环境中，只有互相帮助，才能共同生存。在许多洞子里的壁画上，只要有人群的地方，从人们的面貌和衣着上就可以看到这些人是属于种种不同的民族的。但是他们却站在一起，共同从事什么工作。我认为，连开凿这些洞的窟主，以及画壁画的艺术家都绝不会出于一个民族。这些人今天当然都已经不在了。人们的生存是暂时的，民族之间的友爱是长久的。这一个简明朴素的真理，一部中国历史就可以提供证明。我们生活在现代，一旦到了敦煌，就又仿佛回到了古代。民族友爱是人心所向，古今之所同。看了这里的壁画，内心里真不禁涌起一股温暖幸福之感了。

我又曾想到，在这些洞子里的壁画上，我们不但可以看到中国境内各个民族的人民，而且可以看到沿丝绸之路的各国的人民，甚至离开丝绸之路很远的一些国家的人民。比如我在上面讲到如来佛涅槃以后，许多人站在那里悲悼痛苦，这些人有的是深目高鼻，有的是颧骨高而眼睛小，他们的衣着也完全不同。艺术家可能是有意地表现不同的人民的。当年的新疆、甘肃一带，从茫昧的远古起，就是世界各大民族汇合的地方。世界几大文明古国，中国、印度、希腊的文化在这里汇流了。世界几大宗教，佛教、伊斯兰教、基督教在这里汇流了。世界的许多语言，不管是属于印欧语系，还是属于其他语系也在这里汇流了。世界上许多国家的文学、艺术、音乐，也在这里汇流了。至于商品和其他动物植物的汇流更是不在话下。所有这一切都在洞子里留下了不可磨灭的痕迹。遥想当年丝绸之路全盛时代，在绵延数万里的路上，一定是行人不断，驼、马不绝。宗教信徒、外交使节、逐利商人、求知学子，各有所求，往来奔波，绝大漠，越流沙，轻万生以涉葱河，重一言而之奈苑，虽不能达到摩肩接踵的程度，但盛况可以想见。到了今天，情势改变了，大大地改变了。出现在我们眼前的是流沙漫漫，黄尘滚滚，当年的名城——瓜州、玉门、高昌、交河，早已沦为废墟，只留下一些断壁颓垣，孤立于西风残照中，给怀古的人增添无数的诗料。但是丝路虽断，他路代兴，佛光虽减，人光有加，还留下像敦煌莫高窟这样的艺术瑰宝，无数的艺术家用难以想象的辛勤劳动给我们后人留下这么多的壁画、雕塑，供我们流连探讨，使世界各国人民惊叹不置。抚今追昔，我真感到无比的幸福与骄傲，我不禁发思古之幽情，觉今是昨亦是，感光荣于既往，望继承于来者，心潮起伏，感慨万端了。

薄暮时分，带着那些印象，那些幻想，怀着那些感触，一个人走出了招待所去散步。我走在林荫道上，此时薄霭已降，暮色四垂。朱红的大柱子，牌楼顶上碧色的琉璃瓦，都在熠熠地闪着微光。远处沙碛没入一片迷茫中，少时月出于东山之上，清光洒遍了山头、树丛，一片银灰色。我周围是一片寂静。白天里在古榆的下面还零零落落地坐着一些游人，现在却空无一人，只有小溪中潺湲的流水间或把这寂静打破。我的心蓦地静了下来，仿佛宇宙间只有我一个人。我的幻想又在另一个方面活跃起来。我想到洞子里的佛爷，白天在闭着眼睛睡觉，现在大概睁开了眼睛，连涅槃了的如来也会站了起来。那许多商人、官人、菩萨、壮汉，白天一动不动地站在墙壁上，任人指指点点，品头论足。现在大概也走下墙壁，在洞子里活动起来了。那许多奏乐的乐工吹奏起乐器，舞蹈者、演杂技者，也都摆开了场地，表演起来。天上的飞天当然更会翩翩起舞，洞子里乐声悠扬，花雨缤纷。可惜我此时无法走进洞子，参加他们的大合唱。只有站在黑暗中望眼欲穿，倾耳聆听而已。

在寂静中，我又忽然想到在敦煌创业的常书鸿同志和他的爱人李承仙同志，以及其他几十位工作人员。他们在这偏僻的沙漠里，忍饥寒，斗流沙，艰苦奋斗，十几年，几十年，为祖国，为人民立下了功勋，为世界上爱好艺术的人们创造了条件。敦煌学在世界上不是已经成为一门热门学科了吗？我曾到书鸿同志家里去过几趟。那低矮的小房，既是办公室、工作室、图书室，又是卧室、厨房兼餐厅。在新中国成立了三十年后的今天，生活条件尚且如此之不够理想，谁能想象在新中国成立前那样黑暗的时代，这里艰难辛苦会达到何等程度呢？门前那院子里有一棵梨树。承仙同志告诉我，他们在将近四十年前初到的时候，这棵梨树才一点点粗，而今已经长成了一棵粗壮的大树，枝叶茂密，青翠如碧琉璃，枝上果实累累，硕大无比。看来正是青春妙龄，风华正茂。然而看着它长起来的人却垂垂老矣。四十年的日日夜夜在他们身上不可避免地会留下了痕迹。然而，他们却老当益壮，并不服老，仍然是日夜辛勤劳动。这样的人难道不让我们每个人都油然起敬佩之情吗？

我还看到另外一个人的影子，在合抱的老榆树下，在如茵的绿草丛中，在没入暮色的大道上，在潺潺流水的小河旁。它似乎向我招手，向我微笑，“翩若惊鸿，婉若游龙；荣曜秋菊，华茂春松”，这影子真是可爱极了。我是多么急切地想捉住它啊！然而它一转瞬就不见了。一切都只是幻影。剩下的似乎只有宇宙和我自己。

剩下我自己怎么办呢？我真是进退两难，左右拮据。在敦煌，在千佛洞，我就是看一千遍一万遍也不会餍足的。有那样桃源仙境似的风光，有那样奇妙的壁画，有那样可敬的人，又有这样可爱的影子。从我内心深处我真想长期留在这里，永远留在这里。真好像在茫茫的人世间奔波了六十多年才最后找到了一个归宿。然而这样做能行得通吗？事实上却是办不到的。我必须离开这里。在人生中，我的旅途远远不到结束的时候，我还不能停留在一个地方。在我前面，可能还有深林、大泽、崇山、幽谷，有阳关大道，有独木小桥。我必须走上前去，穿越这一切。现在就让我把自己的身躯带走，把心留在敦煌吧。

1979年10月9日初稿

1980年3月3日定稿

辑五

月是故乡明

月是故乡明

每个人都有个故乡，人人的故乡都有个月亮，人人都爱自己故乡的月亮。事情大概就是这个样子。

但是，如果只有孤零零一个月亮，未免显得有点孤单。因此，在中国古代诗文中，月亮总有什么东西当陪衬，最多的是山和水，什么“山高月小”“三潭印月”，等等，不可胜数。

我的故乡在山东西北部大平原上。我小时候从来没有见过山，也不知山为何物。我曾幻想，山大概是一个圆而粗的柱子吧，顶天立地，好不威风。以后到了济南，才见到山，恍然大悟：山原来是这个样子呀。因此我在故乡里望月，从来不同山联系。像苏东坡说的“月出于东山之上，徘徊于斗牛之间”，完全是我无法想象的。

至于水，我的故乡小村却大大地有。几个大苇坑占了小村面积一多半。在我这个小孩子眼中，虽不能像洞庭湖“八月湖水平”那样有气派，但也颇有一点烟波浩渺之势。到了夏天，黄昏以后，我在坑边的场院里躺在地上，数天上的星星。有时候在古柳下面点起篝火，然后上树一摇，成群的知了飞落下来，比白天用嚼烂的麦粒去粘要容易得多。我天天晚上乐此不疲，天天盼望黄昏早早来临。

到了更晚的时候，我走到坑边，抬头看到晴空一轮明月，清光四溢，与水里的那个月亮相映成趣。我当时虽然还不懂什么叫诗兴，但也顾而乐之，心中油然有什么东西在萌动。有时候在坑边玩很久，才回家睡觉。在梦中见到两个月亮叠在一起，清光更加晶莹澄澈。第二天一早起来，到坑边苇子丛里去捡鸭子下的蛋。白白地一闪光，手伸向水中，一摸就是一个蛋。此时更是乐不可支了。

我只在故乡待了六年，以后就离乡背井，漂泊天涯。在济南住了十多年，在北京度过四年，又回到济南待了一年。然后在欧洲住了近十一年，重又回到北京，到现在已经四十多年了。在这期间，我曾到过世界上将近三十个国家，我看过许许多多月亮。在风光旖旎的瑞士莱芒湖上，在平沙无垠的非洲大沙漠中，在碧波万顷的大海中，在巍峨雄奇的高山上，我都看到过月亮，这些月亮应该说都是美妙绝伦的，我都异常喜欢。但是，看到它们，我立刻就想到我故乡中那个苇坑上面和水中的那个小月亮。对比之下，无论如何我也感到，这些广阔世界的大月亮，万万比不上我那心爱的小月亮。不管我离开故乡多少万里，我的心立刻就飞来了。我的小月亮，我永远忘不掉你！

我现在年近耄耋。住的朗润园是燕园胜地。夸大一点儿说，此地有茂林修竹，绿水环流，还有几座土山，点缀其间，风光无疑是绝妙的。前几年，我从庐山休养回来，一个同在庐山休养的老朋友来看我。他看到这样的风光，慨然说："你住在这样的好地方，还到庐山去干吗呢！"可见朗润园给人印象之深。此地既然有山，有水，有树，有竹，有花，有鸟，每逢望夜，一轮当空，月光闪耀于碧波之上，上下空蒙，一碧数顷，而且荷香远溢，宿鸟幽鸣，真不能不说是赏月胜地。荷塘月色的奇景，就在我的窗外。不管是谁来到这里，难道还能不顾而乐之吗？

然而，每值这样的良辰美景，我想到的却仍然是故乡苇坑里的那个平凡的小月亮。见月思乡，已经成为我经常的经历。思乡之病，说不上是苦是乐，其中有追忆，有惆怅，有留恋，有惋惜。流光如逝，时不再来。在微苦中实有甜美在。月是故乡明。我什么时候能够再看到我故乡里的月亮呀！我怅望南天，心飞向故里。

1989年11月3日

八十述怀

我从来没有想到，我能活到八十岁；如今竟然活到了八十岁，然而又一点也没有八十岁的感觉。岂非咄咄怪事！

我向无大志，包括自己活的年龄在内。我的父母都没有活过五十；因此，我自己的原定计划是活到五十。这样已经超过了父母，很不错了。不知怎么一来，宛如一场春梦，我活到了五十岁。那时正值所谓三年自然灾害，我流年不利，颇挨了一阵子饿。但是，我是曾经沧海难为水，在二次世界大战时，我正在德国，我经受了而今难以想象的饥饿的考验，以致失去了饱的感觉。我从而顺利地度过了那一场灾害，而且我当时的精神面貌是我一生最好的时期，一点苦也没有感觉到，于不知不觉中冲破了我原定的年龄计划，度过了五十岁大关。

五十一过，又仿佛一场春梦似的，一下子就到了古稀之年，不容我反思，不容我踟蹰。其间跨越了一个十年浩劫。我当然是在劫难逃，被送进牛棚。我现在不知道应当感谢哪一路神灵——佛祖、上帝、安拉，由于一个万分偶然的机缘，我没有走上绝路，活下来了。活下来了，我不但没有感到特别高兴，反而时有悔愧之感在咬我的心。活下来了，也许还是有点好处的。我一生写作翻译的高潮，恰恰出现在这个期间。原因并不神秘：我获得了余裕和时间。在浩劫期间，我被打得一佛出世，二佛升天。后来不打不骂了，我却变成了不可接触者。在很长时间内，我被分配挖大粪，看门房，守电话，发信件。没有以前的会议，没有以前的发言。没有人敢来找我，很少人有勇气同我谈上几句话。一两年内，没收到一封信。我服从任何人的调遣与指挥，只敢规规矩矩，不敢乱说乱动。然而我的脑筋还在，我的思想还在，我的感情还在，我的理智还在。我不甘心成为行尸走肉，我必须干点事情。二百多万字的印度大史诗《罗摩衍那》，就是在这时候译完的。雪夜闭门写禁文，自谓此乐不减羲皇上人。

又仿佛是一场缥缈的春梦，一下子就活到了今天，行年八十矣，是古人称之为耄耋之年了。倒退二三十年，我这个在寿命上胸无大志的人，偶尔也想到耄耋之年的情况：手拄拐杖，白须飘胸，步履维艰，老态龙钟。自谓这种事情与自己无关，所以想得不深也不多。哪里知道，自己今天就到了这个年龄了。今天是新年元旦，从夜里零时起，自己已是不折不扣的八十老翁了。然而这老景却真如古人诗中所说的青霭入看无，我看不到什么老景。看一看自己的身体，平平常常，同过去一样，看一看周围的环境，平平常常，同过去一样。金色的朝阳从窗子里流了进来，平平常常，同过去一样。楼前的白杨，确实粗了一点，但看上去也是平平常常，同过去一样。时令正是冬天，叶子落尽了，但是我相信，它们正蜷缩在土里，做着春天的梦。水塘里的荷花只剩下残叶，留得枯荷听雨声，现在雨没有了，上面只有白皑皑的残雪。我相信，荷花们也蜷缩在淤泥中，做着春天的梦。总之，我还是我，依然故我；周围的一切也依然是过去的一切。

我是不是也在做着春天的梦呢？我想，是的。我现在也处在严寒中，我也梦着春天的到来。我相信英国诗人雪莱的两句话：既然冬天已经到了，春天还会远吗？我梦着楼前的白杨重新长出了浓密的绿叶，我梦着池塘里的荷花重新冒出了淡绿的大叶子，我梦着春天又回到了大地上。

可是我万万没有想到，八十这个数目字竟有这样大的威力，一种神秘的威力。自己已经八十岁了！我吃惊地暗自思忖。它逼迫着我向前看一看，又回头看一看。向前看，灰蒙蒙的一团，路不清楚，但也不是很长。确实没有什么好看的地方。不看也罢。

而回头看呢，则在灰蒙蒙的一团中，清晰地看到了一条路，路极长，是我一步一步地走过来的，这条路的顶端是在清平县的官庄。我看到了一片灰黄的土房，中间闪着苇塘里的水光，还有我大奶奶和母亲的面影。这条路延伸出来，我看到了泉城的大明湖。这条路又延伸出去，我看到了水木清华，接着又看到德国小城哥廷根斑斓的秋色，上面飘动着我那母亲似的女房东和祖父似的老教授的面影。路陡然又从万里之外折回到神州大地，我看到了红楼，看到了燕园的湖光塔影。令人泄气而且大煞风景的是，我竟又看到了牛棚的牢头禁子那一副牛头马面似的狞恶的面孔。再看下去，路就缩住了，一直缩到我的脚下。

在这一条十分漫长的路上，我走过阳关大道，也走过独木小桥。路旁有深山大泽，也有平坡宜人；有杏花春雨，也有塞北秋风；有山重水复，也有柳暗花明；有迷途知返，也有绝处逢生。路太长了，时间太长了，影子太多了，回忆太重了。我真正感觉到，我负担不了，也忍受不了，我想摆脱掉一切，还我一个自由自在身。

回头看既然这样沉重，能不能向前看呢？我上面已经说到，向前看，路不是很长，没有什么好看的地方。我现在正像鲁迅的散文诗《过客》中的一个过客。他不知道是从什么地方走来的，终于走到了老翁和小女孩的土屋前面，讨了点水喝。老翁看他已经疲惫不堪，劝他休息一下。他说，从我还能记得的时候起，我就在这么走，要走到一个地方去，这地方就在前面。我单记得走了许多路，现在来到这里了。我接着就要走向那边去。况且还有声音常在前面催促我，叫唤我，使我息不下。那边，西边是什么地方呢？老人说：前面，是坟。小女孩说：不，不，不的。那里有许多许多野百合，野蔷薇，我常常去玩，去看他们的。

我理解这个过客的心情，我自己也是一个过客，但是却从来没有什么声音催着我走，而是同世界上任何人一样，我是非走不行的，不用催促，也是非走不行的。走到什么地方去呢？走到西边的坟那里，这是一切人的归宿。我记得屠格涅夫的一首散文诗里，也讲了这个意思。我并不怕坟，只是在走了这么长的路以后，我真想停下来休息片刻。然而我不能，不管你愿意不愿意，反正是非走不行。聊以自慰的是，我同那个老翁还不一样，有的地方颇像那个小女孩，我既看到了坟，也看到野百合和野蔷薇。

我面前还有多少路呢？我说不出，也没有仔细想过。冯友兰先生说：何止于米？相期以茶。米是八十八岁，茶是一百零八岁。我没有这样的雄心壮志，我是相期以米。这算不算是立大志呢？我是没有大志的人，我觉得这已经算是大志了。

我从前对穷通寿夭也是颇有一些想法的。十年浩劫以后，我成了陶渊明的志同道合者。他的一首诗，我很欣赏：

> 纵浪大化中，不喜亦不惧。
> 应尽便须尽，无复独多虑。

我现在就是抱着这种精神，昂然走上前去。只要有可能，我一定做一些对别人有益的事，绝不想成为行尸走肉。我知道，未来的路也不会比过去的更笔直、更平坦。但是我并不恐惧。我眼前还闪动着野百合和野蔷薇的影子。

1991年1月1日

二月兰

转眼，不知怎样一来，整个燕园竟成了二月兰的天下。

二月兰是一种常见的野花。花朵不大，紫白相间。花形和颜色都没有什么特异之处。如果只有一两棵，在百花丛中，绝不会引起任何人的注意。但是它却以多胜，每到春天，和风一吹拂，便绽开了小花；最初只有一朵，两朵，几朵，但是一转眼，在一夜间，就能变成百朵，千朵，万朵。大有凌驾百花之上的势头了。

我在燕园里已经住了四十多年。最初我并没有特别注意到这种小花。直到前年，也许正是二月兰开花的大年，我蓦地发现，从我住的楼旁小土山开始，走遍了全园，眼光所到之处，无不有二月兰在。宅旁，篱下，林中，山头，土坡，湖边，只要有空隙的地方，都是一团紫气，间以白雾，小花开得淋漓尽致，气势非凡，紫气直冲云霄，连宇宙都仿佛变成紫色的了。

我在迷离恍惚中，忽然发现二月兰爬上了树，有的已经爬上了树顶，有的正在努力攀登，连喘气的声音似乎都能听到。我这一惊可真不小：莫非二月兰真成了精了吗？再定睛一看，原来是二月兰丛中的一些藤萝，也正在开着花，花的颜色同二月兰一模一样，所差的就仅仅只缺少那一团白雾。我实在觉得我这个幻觉非常有趣。

带着清醒的意识，我仔细观察起来：除了花形之外，颜色真是一般无二。反正我知道了这是两种植物，心里有了底，然而再一转眼，我仍然看到二月兰往枝头爬。这是真的呢，还是幻觉？——由它去吧。

自从意识到二月兰存在以后，一些同二月兰有联系的回忆立即涌上心头。原来很少想到的或根本没有想到的事情，现在想到了；原来认为十分平常的琐事，现在显得十分不平常了。我一下子清晰地意识到，原来这种十分平凡的野花竟在我的生命中占有这样重要的地位。我自己也有点吃惊了。

我回忆的丝缕是从楼旁的小土山开始的。这一座小土山，最初毫无惊人之处，只不过两三米高，上面长满了野草。当年歪风狂吹时，每次“打扫卫生”，全楼住的人都被召唤出来拔草，不是“绿化”，而是“黄化”。我每次都在心中暗恨这小山野草之多。后来不知由于什么原因，把山堆高了一两米。这样一来，山就颇有一点山势了。东头的苍松，西头的翠柏，都仿佛恢复了青春，一年四季，郁郁葱葱。中间一棵榆树，从树龄来看，只能算是松柏的曾孙，然而也枝干繁茂，高枝直刺入蔚蓝的晴空。

我不记得从什么时候起我注意到小山上的二月兰。这种野花开花大概也有大年小年之别的。碰到小年，只在小山前后稀疏地开上那么几片。遇到大年，则山前山后开成大片，二月兰仿佛发了狂。我们常讲什么什么花“怒放”，这个“怒”字用得真是无比地奇妙。二月兰一“怒”，仿佛从土地深处吸来一股原始力量，一定要把花开遍大千世界，紫气直冲云霄，连宇宙都仿佛变成紫色的了。

东坡的词说："人有悲欢离合，月有阴晴圆缺，此事古难全。"但是花们好像是没有什么悲欢离合。应该开时，它们就开；该消失时，它们就消失。它们是"纵浪大化中"，一切顺其自然，自己无所谓什么悲与喜。我的二月兰就是这个样子。

然而，人这个万物之灵却偏偏有了感情，有了感情就有了悲欢。这真是多此一举，然而没有法子。人自己多情，又把情移到花，"泪眼问花花不语"，花当然"不语"了。如果花真"语"起来，岂不吓坏了人！这些道理我十分明白。然而我仍然把自己的悲欢挂到了二月兰上。

当年老祖还活着的时候，每到春天二月兰开花的时候，她往往拿一把小铲，带一个黑书包，到成片的二月兰旁青草丛里去搜挖荠菜。只要看到她的身影在二月兰的紫雾里晃动，我就知道在午餐或晚餐的餐桌上必然弥漫着荠菜馄饨的清香。当婉如还活着的时候，她每次回家，只要二月兰正在开花，她离开时，总穿过左手是二月兰的紫雾，右手是湖畔垂柳的绿烟，匆匆忙忙走去，把我的目光一直带到湖对岸的拐弯处。当小保姆杨莹还在我家时，她也同小山和二月兰结上了缘。我曾套清词写过三句话："午静携侣寻野菜，黄昏抱猫向夕阳，当时只道是寻常。"我的小猫虎子和咪咪还在世的时候，我也往往在二月兰丛里看到她们：一黑一白，在紫色中格外显眼。

所有这些琐事都是寻常到不能再寻常了。然而，曾几何时，到了今天，老祖和婉如已经永远永远地离开了我们。小莹也回了山东老家。至于虎子和咪咪也各自遵循猫的规律，不知钻到了燕园中哪一个幽暗的角落里，等待死亡的到来。老祖和婉如的走，把我的心都带走了。虎子和咪咪我也忆念难忘。如今，天地虽宽，阳光虽照样普照，我却感到无边的寂寥与凄凉。回忆这些往事，如云如烟，原来是近在眼前，如今却如蓬莱灵山，可望而不可即了。

对于我这样的心情和我的一切遭遇，我的二月兰一点也无动于衷，照样自己开花。今年又是二月兰开花的大年。在校园里，眼光所到之处，无不有二月兰在。宅旁，篱下，林中，山头，土坡，湖边，只要有空隙的地方，都是一团紫气，间以白雾，小花开得淋漓尽致，气势非凡，紫气直冲霄汉，连宇宙都仿佛变成紫色的了。

这一切都告诉我，二月兰是不会变的，世事沧桑，于它如浮云。然而我却是在变的，月月变，年年变。我想以不变应万变，然而办不到。我想学习二月兰，然而办不到。不但如此，它还硬把我的记忆牵回到我一生最倒霉的时候。在十年浩劫中，我自己跳出来反对北大那一位“老佛爷”，被抄家，被打成了“反革命”。正是在二月兰开花的时候，我被管制劳动改造。有很长一段时间，我每天到一个地方去捡破砖碎瓦，还随时准备着被红卫兵押解到什么地方去“批斗”，坐喷气式，还要挨上一顿揍，打得鼻青脸肿。可是在砖瓦缝里二月兰依然开放，怡然自得，笑对春风，好像是在嘲笑我。

我当时日子实在非常难过。我知道正义是在自己手中，可是是非颠倒，人妖难分，我呼天天不应，叫地地不答，一腔义愤，满腹委屈，毫无生人之趣。在很长一段时间内，我成了“不可接触者”，几年没接到过一封信，很少有人敢同我打个招呼。我虽处人世，实为异类。

然而我一回到家里，老祖、德华她们，在每人每月只能得到恩赐十几元钱生活费的情况下，殚思竭虑，弄一点好吃的东西，希望能给我增加点营养；更重要的恐怕还是，希望能给我增添点生趣。婉如和延宗也尽可能地多回家来。我的小猫憨态可掬，偎依在我的身旁。她们不懂哲学，分不清两类不同性质的矛盾。人视我为异类，她们视我为好友，从来没有表态，要同我划清界限。所有这一些极其平常的琐事，都给我带来了无量的安慰。窗外尽管千里冰封，室内却是暖气融融。我觉得，在世态炎凉中，还有不炎凉者在。这一点暖气支撑着我，走过了人生最艰难的一段路，没有堕入深涧，一直到今天。

我感觉到悲，又感觉到欢。

到了今天，天运转动，否极泰来，不知怎么一来，我一下子成为“极可接触者”，到处听到的是美好的言辞，到处见到的是和悦的笑容。我从内心里感激我这些新老朋友，他们绝对是真诚的。他们鼓励了我，他们启发了我。然而，一回到家里，虽然德华还在，延宗还在，可我的老祖到哪里去了呢？我的婉如到哪里去了呢？还有我的虎子和咪咪一世到哪里去了呢？世界虽照样朗朗，阳光虽照样明媚，我却感觉异样的寂寞与凄凉。

我感觉到欢，又感觉到悲。

我年届耄耋，前面的路有限了。几年前，我写过一篇短文，叫《老猫》，意思很简明，我一生有个特点：不愿意麻烦人。了解我的人都承认。难道到了人生最后一段路上我就要改变这个特点吗？

不，不，不想改变。我真想学一学老猫，到了大限来临时，钻到一个幽暗的角落里，一个人悄悄地离开人世。

这话又扯远了。我并不认为眼前就有制订行动计划的必要。我还有很多事情要做，而且我的健康情况也允许我去做。有一位青年朋友说我忘记了自己的年龄。这话极有道理。可我并没有全忘。有一个问题我还想弄弄清楚哩。按说我早已到了“悲欢离合总无情”的年龄，应该超脱一点了。然而在离开这个世界以前，我还有一件心事：我想弄清楚，什么叫“悲”，什么又叫“欢”——是我成为“不可接触者”时悲呢，还是成为“极可接触者”时欢？如果没有老祖和婉如的逝世，这问题本来是一清二白的，现在却是悲欢难以分辨了。我想得到答复。我走上了每天必登临几次的小山，我问苍松，苍松不语；我问翠柏，翠柏不答。我问三十多年来亲眼目睹我这些悲欢离合的二月兰，它们也沉默不语，兀自万朵怒放，笑对春风，紫气直冲霄汉。

1993年6月11日写完

听雨

从一大早就下起雨来。下雨，本来不是什么稀罕事儿，但这是春雨，俗话说："春雨贵似油。"而且又在罕见的大旱之中，其珍贵就可想而知了。

"润物细无声"，春雨本来是声音极小极小的，小到了"无"的程度。但是，我现在坐在隔成了一间小房子的阳台上，顶上有块大铁皮。楼上滴下来的檐溜就打在这铁皮上，打出声音来，于是就不"细无声"了。按常理说，我坐在那里，同一种死文字拼命，本来应该需要极静极静的环境，极静极静的心情，才能安下心来，进入角色，来解读这天书般的玩意儿。这种雨敲铁皮的声音应该是极为讨厌的，是必欲去之而后快的。

然而，事实却正相反。我静静地坐在那里，听到头顶上的雨滴声，此时有声胜无声，我心里感到无量的喜悦，仿佛饮了仙露，吸了醍醐，大有飘飘欲仙之慨了。这声音时慢时急，时高时低，时响时沉，时断时续，有时如金声玉振，有时如黄钟大吕，有时如大珠小珠落玉盘，有时如红珊白瑚沉海里，有时如弹素琴，有时如舞霹雳，有时如百鸟争鸣，有时如兔落鹘起，我浮想联翩，不能自已，心花怒放，风生笔底。死文字仿佛活了起来，我也仿佛又溢满了青春活力。我平生很少有这样的精神境界，更难为外人道也。

在中国，听雨本来是雅人的事。我虽然自认还不是完全的俗人，但能否就算是雅人，却还很难说。我大概是介乎雅俗之间的一种动物吧。中国古代诗词中，关于听雨的作品是颇有一些的。顺便说上一句：外国诗词中似乎少见。我的朋友章用回忆表弟的诗中有：“频梦春池添秀句，每闻夜雨忆联床。”是颇有一点诗意的。连《红楼梦》中的林妹妹都喜欢李义山的“留得残荷听雨声”之句。最有名的一首听雨的词当然是宋蒋捷的《虞美人》，词不长，我索性抄它一下：

> 少年听雨歌楼上，红烛昏罗帐。
> 壮年听雨客舟中，江阔云低、断雁叫西风。
> 而今听雨僧庐下，鬓已星星也。
> 悲欢离合总无情，一任阶前、点滴到天明。

蒋捷听雨时的心情，是颇为复杂的。他是用听雨这一件事来概括自己的一生的，从少年、壮年一直到老年，达到了“悲欢离合总无情”的境界。但是，古今对老的概念，有相当大的悬殊。他是“鬓已星星也”，有一些白发，看来最老也不过五十岁左右。用今天的眼光看，他不过是介乎中老之间，用我自己比起来，我已经到了望九之年，鬓边早已不是“星星也”，顶上已是“童山濯濯”了。要讲达到“悲欢离合总无情”的境界，我比他有资格。我已经能够“纵浪大化中，不喜亦不惧”了。

可我为什么今天听雨竟也兴高采烈呢？这里面并没有多少雅味，我在这里完全是一个“俗人”。我想到的主要是麦子，是那辽阔原野上的青青的麦苗。我生在乡下，虽然六岁就离开，谈不上干什么农活，但是我拾过麦子，捡过豆子，割过青草，劈过高粱叶。我血管里流的是农民的血，一直到今天垂暮之年，毕生对农民和农村怀着深厚的感情。农民最高希望是多打粮食。天一旱，就威胁着庄稼的成长。即使我长期住在城里，下雨一少，我就望云霓，自谓焦急之情，绝不下于农民。北方春天，十年九旱。今年似乎又旱得邪行。我天天听天气预报，时时观察天上的云气。忧心如焚，徒唤奈何。在梦中也看到的是细雨蒙蒙。

今天早晨，我的梦竟实现了。我坐在这长宽不过几尺的阳台上，听到头顶上的雨声，不禁神驰千里，心旷神怡。在大大小小高高低低，有的方正有的歪斜的麦田里，每一个叶片都仿佛张开了小嘴，尽情地吮吸着甜甜的雨滴，有如天降甘露，本来有点黄萎的，现在变青了。本来是青的，现在更青了。宇宙间凭空添了一片温馨，一片祥和。

我的心又收了回来，收回到了燕园，收回到了我楼旁的小山上，收回到了门前的荷塘内。我最爱的二月兰正在开着花。它们拼命从泥土中挣扎出来，顶住了干旱，无可奈何地开出了红色的白色的小花，颜色如故，而鲜亮无踪，看了给人以孤苦伶仃的感觉。在荷塘中，冬眠刚醒的荷花，正准备力量向水面冲击。水当然是不缺的。但是，细雨滴在水面上，画成了一个个的小圆圈，方逝方生，方生方逝。这本来是人类中的诗人所欣赏的东西，小荷花看了也高兴起来，劲头更大了，肯定会很快地钻出水面。

我的心又收近了一层，收到了这个阳台上，收到了自己的腔子里，头顶上叮当如故，我的心情怡悦有加。但我时时担心，它会突然停下来。我潜心默祷，祝愿雨声长久响下去，响下去，永远也不停。

1995年4月13日

芝兰之室

我喜欢绿色的东西，我觉得，绿色是生命的颜色，即使是在冬天，我在屋里总要摆上几盆花草，如君子兰之类。旧历元旦前后，我一定要设法弄到几盆水仙，眼睛里看到的是翠绿的叶子，鼻子里闻到的是氤氲的幽香，我顾而乐之，心旷神怡。

今年当然不会是例外。友人送给我几盆水仙，摆在窗台上。下面是一张极大的书桌，把我同窗台隔开。大概是由于距离远了一点，我只见绿叶，不闻花香，颇以为憾。

今天早晨，我一走进书房，蓦地一阵浓烈的香气直透鼻官。我愕然一愣，一刹那间，我意识到，这是从水仙花那里流过来的。我坐下，照例爬我的格子。我在潜意识里感到，既然刚才能闻到花香，这就证明，花香是客观存在着的，而且还不会是瞬间的而是长时间的存在。可是，事实上，在那愕然一愣之后，水仙花香神秘地消逝了，我鼻子再也闻不到什么了。

这是什么原因呢？

我又陷入了想入非非中。

中国古代《孔子家语》中就有几句话："与善人居，如入芝兰之室，久而不闻其香，即与之化矣。"我在这里关心的不是"化"

与“不化”的问题，而是“久而不闻其香”。刚才水仙花给我的感受，就正是“久而不闻其香”。可见这样的感受，古人早已经有了。

我常幻想，造化小儿喜欢要点“小”——也许是“大”——聪明，给人们开点小玩笑。他（它？她？）给你以本能，让你舌头知味，鼻子知香。但是，又不让你长久地享受，只给你一瞬间，然后复归于平淡，甚至消逝。比如那一位“老佛爷”慈禧，在宫中时，瞅见燕窝、鱼翅、猴头、熊掌，一定是大皱其眉头。然而，八国的“老外”来到北京，她仓皇西逃，路上吃到棒子面的窝头，味道简直赛过龙肝凤髓，认为是从未尝过的美味。她回到北京宫中以后，想再吃这样的窝头，可普天之下再也找不到了。

造化小儿就是使用这样的手法，来实施一种平衡的策略，使美味佳肴与粗茶淡饭，使帝后显宦与平头老百姓，等等，等等，都成为相对的东西，都受时间与地点的约束。否则，如果美味对一个人来说永远美，那么帝后显宦们的美食享受不是太长了吗？在芸芸众生中间不是太不平衡了吗？

对鼻官来说，水仙花还有芝兰的香气也只能作如是观，一瞬间，你获得了令人吃惊的美感享受。又一瞬间，香气虽然仍是客观存在，你的鼻子却再也闻不到了。

造化小儿玩的就是这一套把戏。

1998年2月1日

我爱北京的小胡同

我爱北京的小胡同，北京的小胡同也爱我，我们已经结下了永恒的缘分。

六十多年前，我到北京来考大学，就下榻于西单大木仓里面的一条小胡同中的一个小公寓里。白天忙于到沙滩北大三院去应试。北大与清华各考三天，考得我焦头烂额，筋疲力尽；夜里回到公寓小屋里，还要忍受臭虫的围攻，特别可怕的是那些臭虫的空降部队，防不胜防。

但是，我们这一帮山东来的学生仍然能够苦中作乐。在黄昏时分，总要到西单一带去逛街。街灯并不辉煌，“无风三尺土，有雨一街泥”，也会令人不快。我们却甘之若饴。耳听铿锵清脆、悠扬有致的京腔，如闻仙乐。此时鼻管里会蓦然涌入一股幽香，是从路旁小花摊上的栀子花和茉莉花那里散发出来的。回到公寓，又能听到小胡同中的叫卖声：“驴肉！驴肉！”“王致和的臭豆腐！”其声悠扬、深邃，还含有一点凄清之意。这声音把我送入梦中，送到与臭虫搏斗的战场上。

将近五十年前，我在欧洲待了十多年以后，又回到了故都。这次是住在东城的一条小胡同里：翠花胡同，与南面的东厂胡同为邻。我住的地方后门在翠花胡同，前门则在东厂胡同，据说是明朝的特务机关东厂所在地，是折磨、囚禁、拷打、杀害所谓“犯人”的地方。冤死之人极多，他们的鬼魂常常出来显灵。我是不相信什么鬼怪的，我感兴趣的不是什么鬼怪显灵，而是这一所大房子本身。它地跨两个胡同，其大可知。里面重楼复阁，四廊盘曲，院落错落，花园重叠，一个陌生人走进去，必然是如入迷宫，不辨东西。

然而，这样复杂的内容，无论是从前面的东厂胡同，还是从后面的翠花胡同，都是看不出来的。外面十分简单，里面十分复杂；外面十分平凡，里面十分神奇。这是北京城里许多小胡同共有的特点。

据说当年黎元洪大总统在这里住过。我住在这里的时候，北大校长胡适住在黎住过的房子中。我住的这个地方仅仅是这个院子的一个旮旯，在西北角上。但是这个旮旯并不小，是一个三进的院子，我第一次体会到“庭院深深深几许”的意境。我住在最深一层院子的东房中，园子里摆满了汉代的砖棺。这里本来就是北京的一所“凶宅”，再加上这些棺材，黄昏时分，总会让人感觉到鬼影幢幢，毛骨悚然。所以很少有人敢在晚上拜访我。我每日与鬼为邻，倒也过得很安静。

第二进院子里有很多树，我最初没有注意是什么树。有一个夏日的夜晚，刚下过一阵雨，我走在树下，忽然闻到一股幽香。原来这些是马缨花树，树上正开着繁花，幽香就是从这里散发出来的。这一下子让我回忆起十几年前西单的栀子花和茉莉花的香气。当时我是一个十九岁的大孩子，现在成了中年人。相距近二十年的两个我，忽然融合到一起来了。

不管是六十多年，还是五十年，都成为过去了。现在北京的面貌天天在改变，层楼摩天，国道宽敞。然而那些可爱的小胡同，却日渐消逝，被摩天大楼吞噬掉了。看来在现实中小胡同的命运和地位都要日趋消沉，这是不可抵御的，也不一定就算是坏事。可是我仍然执着地关心我的小胡同。就让它们在我的心中占一个地位吧，永远，永远。

我爱北京的小胡同，北京的小胡同也爱我。

1993年10月25日

时间

一抬头，就看到书桌上座钟的秒针在一跳一跳地向前走动。它那里一跳，我的心就一跳。孔子说："逝者如斯夫，不舍昼夜！"这里指的是水。水永远不停地流逝，让孔夫子吃惊兴叹。我的心跳，跳的是时间。水是能看得见，摸得着的。时间却看不见，摸不着的，它的流逝你感觉不到，然而确实是在流逝。现在我眼前摆上了座钟，它的秒针一跳一跳，让我再清楚不过地看到了时间的流逝，焉能不心跳？焉能不兴叹呢？

远古的人大概是很幸福的。他们日出而作，日入而息，根据太阳的出没来规定自己的活动。即使能感到时间的流逝，也只在依稀隐约之间。后来，他们聪明了，根据太阳光和阴影的推移，把时间称作光阴。再后来，人们的聪明才智更提高了，用铜壶滴漏的办法来显示和测定时间的推移，这是用人工来抓住看不见摸不着的时间的尝试。到了近几百年，人类发明了钟表，把时间的存在与流逝清清楚楚地摆在每一个人的面前。这是人类文明进步的表现。但是，正如人们常说的那样，"有一利必有一弊"，人类成了时间的奴隶，成了手表的奴隶。现在各种各样的会极多，开会必须规定时间，几点几分，不能任意伸缩。如果参加重要的会而路上偏偏赶上堵车，任你怎样焦急，怎样频频看手表，都是白搭。这不是典型的时间的奴隶又是什么呢？然而，话又说了回来，在今天头绪纷纭杂乱有章的社会里，开会不定时间，还像古人那样“日出而作，日入而息”，悠哉游哉，顺帝之则，今天的社会还能运转吗？不管你愿意不愿意，成为时间的奴隶就正是文明的表现。

不管你意识到还是没有意识到，大自然还是把虚无缥缈的时间用具体的东西暗示给了人们。比如用日出日落标志出一天，用月亮的圆缺标志出一月，用四季（在印度是六季或者两季）标志出一年。农民最关心这些问题，一年二十四个节气对他们种庄稼有重要意义。在自然科学家和哲学家眼中，时间具有另外的意义。他们说，大千世界，人类万物，都生长在时间和空间内，而时间是无头无尾的，空间是无边无际的。我既不是自然科学家，也不是哲学家，对无头无尾和无边无际实在难以理解。可是不这样又能怎样呢？如果时间有了头尾，头以前尾以后又是什么呢？因此，难以理解也只得理解，此外更没有其他途径。

生与死也属于时间范畴。一般人总是把生与死绝对对立起来。但是，中国古代的道家却主张“万物方生方死”，把生与死辩证地联系在一起，而且准确无误地道出了生即是死的关系。随着座钟秒针的一跳，我自己就长了无法用言语表达出来的那么一点点儿。同时也就是向着死亡走近了那么一点点儿。不但我是这样，现在正是初夏，窗外的玉兰花、垂柳和深埋在清塘里的荷花，也都长了那么一点点儿。不久前还是冰封的湖水，现在是“风乍起，吹皱一池夏水”，波光潋滟，水色接天。岸上的垂杨，从光秃秃的枝条上逐渐长出了小叶片，一转瞬间，出现了一片鹅黄；再一转瞬，就是一片嫩绿，现在则是接近浓绿了。小山上原来是一片枯草，“一夜东风送春暖，满山开遍二月兰”。今年是二月兰的大年，山上地下，只要有空隙，二月兰必然出现在那里，座钟的秒针再跳上多少万次，二月兰即将枯萎，也就是走向暂时的死亡了。所有这些东西，都是方生方死。这是自然的规律，不可逆转的。

印度人是聪明的，他们把时间和死亡视为一物。梵文hāla，既是“时间”，又是“死亡或死神”。《罗摩衍那》的主人公罗摩，在活了极长的时间以后，hāla走上门来，这表示他就要死亡了。罗摩泰然处之，既不“饮恨”，也不“吞声”。他知道这是自然规律，人类是无能为力的。我们今天知道，不但人类是这样，世界上万事万物都有始有终，无一例外。“顺其自然”是最好的办法。我在这里顺便说一下。在梵文里，动词“死”的字根是mn；但是此字不用manati来表示现在时，而是用被动式mniyati（ti），这表示，印度人认为“死”是被动的，主动自杀者究属少数。

同印度人比较起来，中国人大概希望争取长生。越是有钱有势的人越希望活下去，在旧社会里生活在水深火热中的小百姓，绝不会愿意长远活下去的。而富有天下的天子则热切希望长生。中国历史上几位有名的英主，莫不如此。秦始皇和汉武帝都寻求不死之药或者仙丹什么的。连唐太宗都是服用了印度婆罗门的“仙药”而中毒身亡的。老百姓书呆子中也有寻求肉身升天的，而且连鸡犬都带了上去。我这个木头脑袋瓜真想也想不通。如果真有那么一个“天”的话，人数也不会太多。升到那里去干些什么呢？那里不会有官僚衙门，想走后门靠贿赂来谋求升官，没有这个可能。那里也不会有什么市场，什么WTO，想发财也英雄无用武之地。想打麻将，唱卡拉OK，唱几天，打几天，还是会有兴趣的，但让你一月月一年年永远打下去，你受得了吗？养鸡喂狗，永远喂下去，你也受不了。“不为无益之事，何以遣有涯之生！”无益之事天上没有。在天上待长了，你一定会自杀的。苏东坡说“起舞弄清影，何似在人间！”是有见地之言。我们还是老老实实待在人间吧。

要待在人间，就必须受时间的制约。在时间面前，人人平等。如果想不通我在上面说的那一些并不深奥的道理，时间就变成了枷锁，让你处处感到不舒服。但是，如果真想通了，则戴着枷锁跳舞反而更能增加一些意想不到的兴趣。我自认是想通了。现在照样一抬头就看到书桌上座钟的秒针一跳一跳地向前走动，但是我的心却不跳了。我觉得这是时间给我提醒儿，让我知道时间的价值。“一寸光阴不可轻”，朱子这一句诗对我这个年过九十的老头儿也是适用的。

2002年3月31日

辑六

天下第一好事，还是读书

“天下第一好事，还是读书”

古今中外赞美读书的名人和文章，多得不可胜数。张元济先生有一句简单朴素的话：“天下第一好事，还是读书。”“天下”而又“第一”，可见他对读书重要性的认识。

为什么读书是一件“好事”呢？

也许有人认为，这问题提得幼稚而又突兀。这就等于问“为什么人要吃饭”一样，因为没有人反对吃饭，也没有人说读书不是一件好事。

但是，我却认为，凡事都必须问一个“为什么”，事出都有因，不应当马马虎虎，等闲视之。现在就谈一谈我个人的认识，谈一谈读书为什么是一件好事。

凡是事情古老的，我们常常总说“自从盘古开天地”。我现在还要从盘古开天地以前谈起，从人类脱离了兽界进入人界开始谈。人成了人以后，就开始积累人的智慧，这种智慧如滚雪球，越滚越大，也就是越积越多。禽兽似乎没有发现有这种本领，一只蠢猪一万年以前是这样蠢，到了今天仍然是这样蠢，没有增加什么智慧。人则不然，不但能随时增加智慧，而且根据我的观察，增加的速度越来越快，有如物体从高空下坠一般。到了今天，达到了知识爆炸的水平。最近一段时间以来，“克隆”使全世界的人都大吃一惊。有的人竟忧心忡忡，不知这种技术发展伊于胡底[①]。信耶稣教的人担心将来一旦“克隆”出来了人，他们的上帝将向何处躲藏。

人类千百年以来保存智慧的手段不出两端：一是实物，比如长城等；二是书籍，以后者为主。在发明文字以前，保存智慧靠记忆；文字发明了以后，则使用书籍。把脑海里记忆的东西搬出来，搬到纸上，就形成了书籍，书籍是贮存人类代代相传的智慧的宝库。后一代的人必须读书，才能继承和发扬前人的智慧。人类之所以能够进步，永远不停地向前迈进，靠的就是能读书又能写书的本领。我常常想，人类向前发展，有如接力赛跑，第一代人跑第一棒，第二代人接过棒来，跑第二棒，以至第三棒、第四棒，永远跑下去，永无穷尽，这样智慧的传承也永无穷尽。这样的传承靠的主要就是书，书是事关人类智慧传承的大事，这样一来，读书不是“天下第一好事”又是什么呢？

但是，话又说了回来，中国历代都有“读书无用论”的说法，读书的知识分子，古代通称之为“秀才”，常常成为取笑的对象，比如说什么“秀才造反，三年不成”，是取笑秀才的无能。这话不无道理。在古代——请注意，我说的是“在古代”，今天已经完全不同了——造反而成功者几乎都是不识字的痞子流氓，中国历史上两个马上皇帝，开国“英主”，刘邦和朱元璋，都属此类。诗人只有慨叹“可惜刘项不读书”。“秀才”最多也只有成为这一批地痞

① 伊于胡底：到什么地步为止。

流氓的“帮忙”或者“帮闲”，帮不上的，就只好慨叹“儒冠多误身”了。

但是，话还要再说回来，中国悠久的优秀的传统文化的传承者，是这一批地痞流氓，还是“秀才”？答案皎如天日。这一批“读书无用论”的现身“说法”者的“高祖”“太祖”之类，除了镇压人民剥削人民之外，只给后代留下了什么陵之类，供今天搞旅游的人赚钱而已。他们对我们国家竟无贡献可言。

总而言之，“天下第一好事，还是读书”。

1997年4月8日

作文

一

当年，我还是学生时，从小学到大学，都有“国文”一门课，现在似乎是改称“语文”了。国文课中必然包括作文一项，由老师命题，学生写作。然后老师圈点批改，再发还学生，学生细心揣摩老师批改处，总结经验，以图进步。大学或其他什么学一毕业，如果你当了作家，再写作，就不再叫作文，而改称写文章，高雅得多了。

作文或写文章有什么诀窍吗？据说是有的。旧社会许多出版社出版了一些《作文秘诀》之类的书，就是瞄准了学生的钱包，立章立节，东拼西凑，洋洋洒洒，神乎其神，实际上是一派胡言乱语，谁要想从里面找捷径、寻秘诀，谁就是天真到糊涂的程度，花了钱，上了当，“赔了夫人又折兵”。

据我浏览所及，古今中外就没有哪一位大作家真正靠什么秘诀成名成家的。记得鲁迅或其他别的作家曾说过，《作文秘诀》一类的书是绝对靠不住的。想要写好文章，只能从多读多念中来。清代的《古文观止》或《古文辞类纂》一类的书，大概就是为了这个目的而编选的。结果是流传数百年，成为家喻户晓的书，我们至今尚蒙其利。

我从小就背诵《古文观止》中的一些文章，至今背诵上口者尚有几十篇。从小学一直到高中前半，写作文用的都是文言。在小学时，作文不知道怎样开头，往往先来上一句："人生于世"，然后再苦思苦想，写下面的文章。写的时候，有意或无意，模仿的就是《古文观止》中的某一篇文章。

在读与写的过程中，我逐渐悟出了一些道理。现在有人主张，写散文可以随意之所之，愿写则写，不愿写则停，率性而行，有如天马行空，实在是潇洒之至。这样的文章，确实有的。但是，读了后怎样呢？不但不如天马行空，而且像驽马负重，令人读了吃力，毫无情趣可言。

古代大家写文章都不掉以轻心，而是简练揣摩、惨淡经营、句斟字酌、瞻前顾后，然后成篇，成为一件完美的艺术品。这一点道理，只要你不粗心大意，稍稍留心，就能够悟得。欧阳修的《醉翁亭记》通篇用"也"字句，不是一个最明显的例子吗？

元刘埙的《隐居通议》卷十八讲道：古人作文，俱有间架，有枢纽，有脉络，有眼目。这实在是见道之言。这些间架、枢纽、脉络、眼目是从哪里来的呢？回答只有一个：从惨淡经营中来。

二

对古人写文章，我还悟得了一点道理：古代散文大家的文章中都有节奏，有韵律。节奏和韵律，本来都是诗歌的特点。但是，在优秀的散文中也都可以找到，似乎是不可缺少的。节奏主要表现在间架上。好比谱乐谱，有一个主旋律，其他旋律则围绕着这个主旋律而展开，最后的结果是：浑然一体，天衣无缝。读好散文，真如听好音乐，它的节奏和韵律长久萦绕停留在你的脑海中。

最后，我还悟得一点道理：古人写散文最重韵味。提到“味”，或曰“口味”，或曰“味道”，是舌头尝出来的。中国古代钟嵘《诗品》中有“滋味”一词，与“韵味”有点近似，而不完全一样。印度古代文论中有rasa（梵文）一词，原意也是“口味”，在文论中变为“情感”（sentiment）。这都是从舌头品尝出来的“美”转移到文艺理论上，是很值得研究的现象。这里暂且不提。我们现在常有人说：“这篇文章很有味道。”也出于同一个原因。这“味道”或者“韵味”是从哪里来的呢？细读中国古代优秀散文，甚至读英国的优秀散文，通篇灵气洋溢，清新俊逸，绝不干瘪，这就叫作“韵味”。一篇中又往往有警句出现，这就是刘埙所谓的“眼目”。比如骆宾王《为徐敬业讨武曌檄》中的“一抔之土未干，六尺之孤何托”两句话，连武则天本人读到后都大受震动，认为骆宾王是一个人才。王勃《滕王阁序》中有两句：“落霞与孤鹜齐飞，秋水共长天一色。”也使主人大为激赏。这就好像是诗词中的炼字炼句。王国维说：“有此一字而境界全出。”我现在把王国维关于词的“境界说”移用到散文上来，想大家不会认为唐突吧。

纵观中国几千年写文章的历史，在先秦时代，散文和赋都已产生。到了汉代，二者仍然同时存在而且同时发展。散文大家有司马迁等，赋的大家有司马相如等。到了六朝时代，文章又有了新发展，产生骈四俪六的骈体文，讲求音韵，着重辞采，一篇文章，珠光宝气，璀璨辉煌。这种文体发展到了极端，就走向形式主义。韩愈“文起八代之衰”，指的就是他用散文，明白易懂的散文，纠正了骈体文的形式主义。从那以后，韩愈等所谓“唐宋八大家”的文章，就俨然成为文章正宗。但是，我们不要忘记，韩愈等八大家以及其他一些家，也写赋，也写类似骈文的文章。韩愈的《进学解》，欧阳修的《秋声赋》，苏轼的《前后赤壁赋》等，都是例证。

这些历史陈迹，回顾一下，也是有好处的。但是，我要解决的是现实问题。

三

我要解决什么样的现实问题呢？就是我认为现在写文章应当怎样写的问题。

就我管见所及，我认为，现在中国散文坛上，名家颇多，风格各异。但是，统而观之，大体上只有两派：一派平易近人，不求雕饰；一派则是务求雕饰，有时流于做作。我自己是倾向第一派的。我追求的目标是：真情流露，淳朴自然。

我不妨引几个古人所说的话。元盛如梓《庶斋老学丛谈》卷中上说：“晦庵（朱子）先生谓欧苏文好处只是平易说道理。又曰：

作文字须是靠实说，不可架空细巧。大率七八实，二三分文。欧文好者，只是靠实而有条理。”

上引元刘埙的《隐居通议》十八说：“经文所以不可及者，以其妙出自然，不由作为也。左氏已有作为处，太史公文字多自然。班氏多作为。韩有自然处，而作为之处亦多。柳则纯乎作为。欧、曾俱出自然。东坡亦出自然。老苏则皆作为也。荆公有自然处，颇似曾文。唯诗也亦然。故虽有作者，但不免作为。渊明所以独步千古者，以其浑然天成，无斧凿痕也。韦、柳法陶，纯是作为。故评者曰：陶彭泽如庆云在霄，舒卷自如。”这一段评文论诗的话，以“自然”和“作为”为标准，很值得玩味。所谓“作为”就是“做作”。

我在上面提到今天中国散文坛上作家大体上可以分为两派，与刘埙的两个标准完全相当。今天中国的散文，只要你仔细品味一下，就不难发现，有的作家写文章非常辛苦，“作为”之态，皎然在目。选词炼句，煞费苦心。有一些词还难免有似通不通之处。读这样的文章，由于“感情移入”之故吧，读者也陪着作者如负重载，费劲吃力。读书之乐，何从而得？

在另一方面，有些文章则一片真情，纯任自然，读之如行云流水，毫无不畅之感。措辞遣句，作者毫无生铸硬造之态，毫无“作为”之处，也是由于“感情移入”之故吧，读者也同作者一样，或者说是受了作者的感染，只觉得心旷神怡，身轻如燕。读这样的文章，人们哪能不获得最丰富活泼的美的享受呢？

我在上面曾谈到，有人主张写散文愿意怎样写就怎样写，愿写则写，愿停则停，毫不费心，潇洒之至。这种纯任“自然”的文章是不是就是这样产生的呢？不，不，绝不是这样。我谈过惨淡经营的问题。我现在再引一句古人的话，《湛渊静语》引柳子厚答韦中立云：“故吾每文章未尝敢以轻心掉之。”上面引刘埙的话说“柳则纯乎作为”，也许与此有关。但古人为文绝不掉以轻心，惨淡经营多年之后，则又返璞归真，呈现出“自然”来。其中道理，我们学为文者必须参悟。

1997年10月30日

忘

记得曾在什么地方听过一个笑话：一个人善忘。一天，他到野外去出恭。任务完成后，却找不到自己的腰带了。出了一身汗，好歹找到了，大喜过望，说道："今天运气真不错，平白无故地捡了一条腰带！"一转身，不小心，脚踩到了自己刚才拉出来的屎堆上。于是勃然大怒："这是哪一条混账狗在这里拉了一泡屎？"

这本来是一个笑话，在我们现实生活中，未必会有的。但是，人一老，就容易忘事糊涂，却是经常见到的事。

我认识一位著名的画家，本来是并不糊涂的。但是，年过八旬以后，却慢慢地忘事糊涂起来。我们将近半个世纪以前就认识了，颇能谈得来，而且平常也还是有些接触的。然而，最近几年来，每次见面，他把我的尊姓大名完全忘了。从眼镜后面流出来的淳朴宽厚的目光，落到我的脸上，其中饱含着疑惑的神气。我连忙说："我是季羡林，是北京大学的。"他点头称是。但是，过了没有五分钟，他又问我："你是谁呀！"我敬谨回答如上。在每一次会面中，尽管时间不长，这样尴尬的局面总会出现几次。我心里想：老友确是老了！

有一年，我们邂逅在香港。一位有名的企业家设盛筵，宴嘉宾。香港著名的人物参加者为数颇多，比如饶宗颐、邵逸夫、杨振宁等先生都在其中。宽敞典雅、雍容华贵的宴会厅里，一时珠光宝气，璀璨生辉，可谓极一时之盛。至于菜肴之精美，服务之周到，自然更不在话下了。我同这一位画家老友都是主宾，被安排在主人座旁。但是正当觥筹交错，逸兴遄飞之际，他忽然站了起来，转身要走，他大概认为宴会已经结束，到了拜拜的时候了。众人愕然，他夫人深知内情，赶快起身，把他拦住，又拉回到座位上，避免了一场尴尬的局面。

前几年，中国敦煌吐鲁番学会在富丽堂皇的北京图书馆的大报告厅里举行年会。我这位画家老友是敦煌学界的元老之一，获得了普遍的尊敬。按照中国现行的礼节，必须请他上主席台并且讲话。但是，这却带来了困难。像许多老年人一样，他脑袋里刹车的部件似乎老化失灵。一说话，往往像开汽车一样，刹不住车，说个不停，没完没了。会议是有时间限制的，听众的忍耐也决非无限。在这危难之际，我同他的夫人商议，由她写一个简短的发言稿，往他口袋里一塞，叮嘱他念完就算完事，不悖行礼如仪的常规。然而他一开口讲话，稿子之事早已忘入九霄云外。看样子是打算从盘古开天辟地讲起。照这样下去，讲上几千年，也讲不到今天的会。到了听众都变成了化石的时候，他也许才讲到春秋战国！我心里急如热锅上的蚂蚁，忽然想到：按既定方针办。我请他的夫人上台，从他的口袋掏出了讲稿，耳语了几句。他恍然大悟，点头称是，把讲稿念完，回到原来的座位。于是一场惊险才化险为夷，皆大欢喜。

我比这位老友小六七岁。有人赞我耳聪目明，实际上是耳欠聪，目欠明。如人饮水，冷暖自知，其中滋味，实不足为外人道也。但是，我脑袋里的刹车部件，虽然老化，尚可使用。再加上我有点自知之明，我的新座右铭是：老年之人，刹车失灵，戒之在说。一向奉行不违，还没有碰到下不了台的窘境。在潜意识中颇有点沾沾自喜了。

然而我的记忆机构也逐渐出现了问题。虽然还没有达到画家老友那样“神品”的水平，也已颇有可观。在这方面，我是独辟蹊径，创立了有季羡林特色的“忘”的学派。

我一向对自己的记忆力，特别是形象的记忆，是颇有一点自信的。四五十年前，甚至六七十年前的一个眼神，一个手势，至今记忆犹新，招之即来，显现在眼前、耳旁，如见其形，如闻其声，移到纸上，即成文章。可是，最近几年以来，古旧的记忆尚能保存，对眼前非常熟的人，见面时往往忘记了他的姓名。在第一瞥中，他的名字似乎就在嘴边，舌上。然而一转瞬间，不到十分之一秒，这个呼之欲出的姓名，就蓦地隐藏了起来，再也说不出了。说不出，也就算了，这无关宇宙大事，国家大事，甚至个人大事，完全可以置之不理的。而且脑袋里断了的保险丝，还会接上的。些许小事，何必介意？然而不行，它成了我的一块心病。我像着了魔似的，走路，看书，吃饭，睡觉，只要思路一转，立即想起此事。好像是，如果想不出来，自己就无法活下去，地球就停止了转动。我从字形上追忆，没有结果；我从发音上追忆，结果杳然。最怕半夜里醒来，本来睡得香香甜甜，如果没有干扰，保证一夜幸福。然而，像电光石火一闪，名字问题又浮现出来。古人常说的平旦之气，是非常美妙的，然而此时却美妙不起来了。我辗转反侧，瞪着眼一直瞪到天亮。其苦味实不足为外人道也。但是，不知道是哪一位神灵保佑，脑袋又像电光石火似的忽然一闪，他的姓名一下子出现了。古人形容快乐常说“洞房花烛夜，金榜题名时”，差可同我此时的心情相比。

这样小小的悲喜剧，一出刚完，又会来第二出，有时候对于同一个人的姓名，竟会上演两出这样的戏。而且出现的频率还是越来越多。自己不得不承认，自己确实是老了。郑板桥说：“难得糊涂。”对我来说，并不难得，我于无意中得之，岂不快哉！

然而忘事糊涂就一点好处都没有吗？

我认为，有的，而且很大。自己年纪越来越老，对于“忘”的评价却越来越高，高到了宗教信仰和哲学思辨的水平。苏东坡的词说：“人有悲欢离合，月有阴晴圆缺，此事古难全。”他是把悲和欢、离和合并提。然而古人说：不如意事常八九。这是深有体会之言。悲总是多于欢，离总是多于合，几乎每个人都是这样。如果造物主——如果真有的话——不赋予人类以“忘”的本领——我宁愿称之为本能——那么，我们人类在这么多的悲和离的重压下，能够活下去吗？我常常暗自胡思乱想：造物主这玩意儿（用《水浒》的词儿，应该说是“这话儿”）真是非常有意思。他（她？它？）既严肃，又油滑；既慈悲，又残忍。老子说：“天地不仁，以万物为刍狗。”这话真说到了点子上。人生下来，既能得到一点乐趣，又必须忍受大量的痛苦，后者所占的比重要多得多。如果不能“忘”，或者没有“忘”这个本能，那么痛苦就会时时刻刻都新鲜生动，时时刻刻像初产生时那样剧烈残酷地折磨着你。这是任何人都无法忍受下去的。然而，人能“忘”，渐渐地从剧烈到淡漠，再淡漠，再淡漠，终于只剩下一点残痕；有人，特别是诗人，甚至爱抚这一点残痕，写出了动人心魄的诗篇，这样的例子，文学史上还少吗？

因此，我必须给赋予我们人类“忘”的本能的造化小儿大唱赞歌。试问：世界上哪一个圣人、贤人、哲人、诗人、阔人、猛人、这人、那人，能有这样的本领呢？

我还必须给“忘”大唱赞歌。试问：如果人人一点都不忘，我们的世界会成什么样子呢？

遗憾的是，我现在尽管在“忘”的方面已经建立了有季羡林特色的学派，可是自谓在这方面仍是钝根。真要想达到我那位画家朋友的水平，仍须努力。如果想达到我在上面说的那个笑话中人的境界，仍是可望而不可即。但是，我并不气馁，我并没有失掉信心，有朝一日，我总会达到的。勉之哉！勉之哉！

1993年7月6日

糊涂一点，潇洒一点

最近一个时期，经常听到人们的劝告：要糊涂一点，要潇洒一点。

关于第一点糊涂问题，我最近写过一篇短文《难得糊涂》。在这里，我把糊涂分为两种，一个叫真糊涂，一个叫假糊涂。普天之下，绝大多数的人，争名于朝，争利于市。尝到一点小甜头，便喜不自胜，手舞足蹈，心花怒放，忘乎所以。碰到一个小钉子，便忧思焚心，眉头紧皱，前途暗淡，哀叹不已。这种人滔滔者天下皆是也。他们是真糊涂，但并不自觉。他们是幸福的，愉快的。愿老天爷再向他们降福。

至于假糊涂或装糊涂，则以郑板桥的“难得糊涂”最为典型。郑板桥一流的人物是一点也不糊涂的。但是现实的情况又迫使他们非假糊涂或装糊涂不行。他们是痛苦的。我祈祷老天爷赐给他们一点真糊涂。

谈到潇洒一点的问题，首先必须对这个词儿进行一点解释。这个词儿圆融无碍，谁一看就懂，再一追问就糊涂。给这样一个词儿下定义，是超出我的能力的。还是查一下词典好。《现代汉语词典》的解释是：“（神情、举止、风貌等）自然大方，有韵致，不拘束。”看了这个解释，我吓了一跳。什么“神情”，什么“风貌”，又是什么“韵致”，全是些抽象的东西，让人无法把握。这怎么能同我平常理解和使用的“潇洒”挂上钩呢？我是主张模糊语言的，现在就让“潇洒”这个词儿模糊一下吧。我想到中国六朝时代一些当时名士的举动，特别是《世说新语》等书所记载的，比如刘伶的“死便埋我”，什么“雪夜访戴”，等等，应该算是“潇洒”吧。可我立刻又想到，这些名士，表面上潇洒，实际上心中如焚，时时刻刻担心自己的脑袋。有的还终于逃不过去，嵇康就是一个著名的例子。

写到这里，我的思维活动又逼迫我把“潇洒”也像糊涂一样，分为两类：一真一假。六朝人的潇洒是装出来的，因而是假的。

这些事情已经“俱往矣”，不大容易了解清楚。我举一个现代的例子。上一个世纪30年代，我在清华读书的时候，一位教授（姑隐其名）总想充当一下名士，潇洒一番。冬天，他穿上锦缎棉袍，下面穿的是锦缎棉裤，用两条彩色丝带把棉裤紧紧地系在腿的下部。头上头发也故意不梳得油光发亮。他就这样飘飘然走进课堂，顾影自怜，大概十分满意。在学生们眼中，他这种矫揉造作的潇洒，却是丑态可掬，辜负了他一番苦心。

同这位教授唱对台戏的——当然不是有意的——是俞平伯先生。有一天，平伯先生把脑袋剃了个精光，高视阔步，昂然从城内的住处出来，走进了清华园。园内几千人中这是唯一的一个精光的脑袋，见者无不骇怪，指指点点，窃窃私议，而平伯先生则全然置之不理，照样登上讲台，高声朗诵宋代名词，摇头晃脑，怡然自得。朗诵完了，连声高呼：“好！好！就是好！”此外再没有别的话说。古人说：“是真名士自风流。”同那位教英文的教授一比，谁是真风流，谁是假风流；谁是真潇洒，谁是假潇洒，昭然呈现于光天化日之下。

这一个小例子，并没有什么深文奥义，只不过是想辨真伪而已。

为什么人们提倡糊涂一点，潇洒一点呢？我个人觉得，这能提高人们的和为贵的精神，大大地有利于安定团结。

写到这里，这一篇短文可以说是已经写完了。但是，我还想加上一点我个人的想法。

当前，我国举国上下，争分夺秒，奋发图强，巩固我们的政治，发展我们的经济，期能在预期的时间内建成名副其实的小康社会。哪里容得半点糊涂、半点潇洒！但是，我们中国人一向是按照辩证法的规律行动的。古人说：“文武之道，一张一弛。”有张无弛不行，有弛无张也不行。张弛结合，斯乃正道。提倡糊涂一点，潇洒一点，正是为了达到这个目的的。

2002年12月18日

有为有不为

“为”，就是“做”。应该做的事，必须去做，这就是“有为”。不应该做的事必不能做，这就是“有不为”。

在这里，关键是“应该”二字。什么叫“应该”呢？这有点像仁义的“义”字。韩愈给“义”字下的定义是“行而宜之之谓义”。“义”就是“宜”。而“宜”就是“合适”，也就是“应该”，但问题仍然没有解决。要想从哲学上从伦理学上说清楚这个问题，恐怕要写上一篇长篇论文，甚至一部大书。我没有这个能力，也认为根本无此必要。我觉得，只要诉诸一般人都能够有的良知良能，就能分辨清是非善恶了，就能知道什么事应该做，什么事不应该做了。

中国古人说：“勿以善小而不为，勿以恶小而为之。”可见善恶是有大小之别的，应该不应该也是有大小之别的，并不是都在一个水平上。什么叫大，什么叫小呢？这里也用不着烦琐的论证，只需动一动脑筋，睁开眼睛看一看社会，也就够了。

小恶、小善，在日常生活中，随时可见。比如在公共汽车上给老人和病人让座，能让，算是小善；不能让，也只能算是小恶，够不上大逆不道。然而，从那些一看到有老人或病人上车就立即装出闭目养神的样子的人身上，不也能由小见大看出了社会道德的水平吗？

至于大善大恶，目前社会中也可以看到，但在历史上却看得更清楚。比如宋代的文天祥。他为元军所虏。如果他想活下去，屈膝投敌就行了，不但能活，而且还能有大官做，最多是在身后被列入“贰臣传”，“身后是非谁管得”，管那么多干吗呀。然而他却高赋《正气歌》，从容就义，留下英名万古传，至今还在激励着我们全国人民的爱国热情。

通过上面举的一个小恶的例子和一个大善的例子，我们大概对大小善和大小恶能够得到一个笼统的概念了。凡是对国家有利，对人民有利，对人类发展、前途有利的事情就是大善，反之就是大恶。凡是对处理人际关系有利，对保持社会安定团结有利的事情可以称之为小善，反之就是小恶。大小之间有时难以区别，这只不过是一个大体的轮廓而已。

大小善和大小恶有时候是有联系的。俗话说：“千里之堤，溃于蚁穴。”拿眼前常常提到的贪污行为而论。往往是先贪污少量的财物，心里还有点打鼓。但是，一旦得逞，尝到甜头，又没被人发现，于是胆子越来越大，贪污的数量也越来越多，终至于一发而不可收拾，最后受到法律的制裁，悔之晚矣。也有个别的识时务者，迷途知返，就是所谓浪子回头者，然而难矣哉！

我的希望很简单，我希望每个人都能有为有不为。一旦“为”错了，就毅然回头。

2001年2月23日

人生的意义与价值

当我还是一个青年大学生的时候，报刊上曾刮起一阵讨论人生的意义与价值的微风，文章写了一些，议论也发表了一通。我看过一些文章，但自己并没有参加进去。原因是，有的文章不知所云，我看不懂。更重要的是，我认为这种讨论本身就无意义，无价值，不如实实在在地干几件事好。

时光流逝，一转眼，自己已经到了望九之年，活得远远超过了我的预算。有人认为长寿是福，我看也不尽然。人活得太久了，对人生的种种相，众生的种种相，看得透透彻彻，反而鼓舞时少，叹息时多。远不如早一点离开人世这个是非之地，落一个耳根清净。

那么，长寿就一点好处都没有吗？也不是的。这对了解人生的意义与价值，会有一些好处的。

根据我个人的观察，对世界上绝大多数人来说，人生一无意义，二无价值。他们也从来不考虑这样的哲学问题。走运时，手里攥满了钞票，白天两顿美食城，晚上一趟卡拉OK，玩一点小权术，耍一点小聪明，甚至恣睢骄横，飞扬跋扈，昏昏沉沉，浑浑噩噩，等到钻入了骨灰盒，也不明白自己为什么活过一生。

其中不走运的则穷困潦倒，终日为衣食奔波，愁眉苦脸，长吁短叹。即使日子还能过得去的，不愁衣食，能够温饱，然而也终日忙忙碌碌，被困于名缰，被缚于利锁。同样是昏昏沉沉，浑浑噩噩，不知道为什么活过一生。

对这样的芸芸众生，人生的意义与价值从何处谈起呢？

我自己也属于芸芸众生之列，也难免浑浑噩噩，并不比任何人高一丝一毫。如果想勉强找一点区别的话，那也是有的：我，当然还有一些别的人，对人生有一些想法，动过一点脑筋，而且自认这些想法是有点道理的。

我有些什么想法呢？话要说得远一点。当今世界上战火纷飞，人欲横流，“黄钟毁弃，瓦釜雷鸣”，是一个十分不安定的时代。但是，对于人类的前途，我始终是一个乐观主义者。我相信，不管还要经过多少艰难曲折，不管还要经历多少时间，人类总会越变越好的，人类大同之域绝不会仅仅是一个空洞的理想。但是，想要达到这个目的，必须经过无数代人的共同努力。有如接力赛，每一代人都有自己的一段路程要跑。又如一条链子，是由许多环组成的，每一环从本身来看，只不过是微末不足道的一点东西；但是没有这一点东西，链子就组不成。在人类社会发展的长河中，我们每一代人都有自己的任务，而且是绝非可有可无的。如果说人生有意义与价值的话，其意义与价值就在这里。

但是，这个道理在人类社会中只有少数有识之士才能理解。鲁迅先生所称之“中国的脊梁”，指的就是这种人。对于那些肚子里吃满了肯德基、麦当劳、比萨饼，到头来终不过是浑浑噩噩的人来说，有如夏虫不足以与语冰，这些道理是没法谈的。他们无法理解自己对人类发展所应当承担的责任。

话说到这里，我想把上面说的意思简短扼要地归纳一下：如果人生真有意义与价值的话，其意义与价值就在于对人类发展的承上启下、承前启后的责任感。

1995年

希望在你们身上

人类社会的进步，有如运动场上的接力赛。老年人跑第一棒，中年人跑第二棒，青年人跑第三棒。各有各的长度，各有各的任务，互相协调，共同努力，以期获得最后胜利。这里面并没有高低之分，而只有前后之别。老年人不必倚老卖老，青年人也不必倚少卖少。老年人当然先走，青年人也会变老。如此循环往复，流转不息。这是宇宙和人世间的永恒规律，谁也改变不了一丝一毫。所谓社会的进步，就寓于其中。

中国古话说：长江后浪推前浪，世上新人换旧人。像我这样年届耄耋的老朽，当然已是旧人。我们可以说是已经交了棒，看你们年轻人奋勇向前了。但是我们虽无棒在手，也绝不会停下不走，坐以待毙；我们仍然要焚膏继晷，献上自己的余力，跟中青年人同心协力，把我们国家的事情办好。

我说的这一番道理，迹近老生常谈，然而却是真理。人世间的真理都是明白易懂的。可是，芸芸众生，花花世界，浑浑噩噩者居多，而明明白白者实少。你们青年人感觉锐敏，英气蓬勃，首先应该认识这个真理。要想树立正确的人生观和价值观，也必须从这里开始。换句话说就是，要认清自己在人类社会进化的漫漫长河中的地位。人类的前途要由你们来决定，祖国的前途要由你们来创造。这就是你们青年人的责任。千万不要把人生观和价值观当作一个哲学命题来讨论，徒托空谈，无补实际。一切人生观和价值观，离开了这个责任感，都是空谈。

那么，我作为一个老人，要对你们说些什么座右铭呢？你们想要从我这里学些什么经验呢？我没有多少哲理，我也讨厌说些空话、废话、假话、大话。我一无灵丹妙药，二无锦囊妙计。我只有一点明白易懂简单朴素、迹近老生常谈又确实是真理的道理。我引一首宋代大儒朱子的诗：

少年易老学难成，一寸光阴不可轻。

未觉池塘春草梦，阶前梧叶已秋声。

明白易懂，用不着解释。这首诗的关键有二：一是要学习，二是要惜寸阴。朱子心目中的学，同我们的当然不会完全一样。这个道理也用不着多加解释，只要心里明白就行。至于爱惜光阴，更是易懂。然而真正能实行者，却不多见。

这就是一个耄耋老人对你们的肺腑之谈。

青年们，好自为之。世界是你们的。

1994年12月4日

在喧嚣的世界里，
坚持以匠人心态认认真真打磨每一本书，
坚持为读者提供
有用、有趣、有品味、有价值的阅读。
愿我们在阅读中相知相遇，在阅读中成长蜕变！

好读，只为优质阅读。

生活，是可爱的

策划出品：好读文化　　监　　制：姚常伟
责任编辑：赵露丹　　产品经理：牛　雪
装帧设计：末末美书　　封面插画：超人 CR
内文排版：鸣阅空间　　营销编辑：陈可心

图书在版编目（CIP）数据

生活，是可爱的 / 季羡林著. -- 杭州 : 浙江教育出版社，2023. 11（2025.1重印）

ISBN 978-7-5722-6576-1

Ⅰ. ①生… Ⅱ. ①季… Ⅲ. ①散文集—中国—当代 Ⅳ. ①I267

中国国家版本馆CIP数据核字（2023）第180202号

生活，是可爱的

SHENGHUO, SHI KEAI DE

季羡林　著

责任编辑：赵露丹

美术编辑：韩　波

责任校对：马立改

责任印务：时小娟

出版发行：浙江教育出版社

（杭州市环城北路 177 号　电话：0571-88900883）

印　　刷：三河市中晟雅豪印务有限公司

开　　本：880mm × 1230mm　1/32

成品尺寸：145mm × 210mm

印　　张：8.5

字　　数：181000

版　　次：2023 年 11 月第 1 版

印　　次：2025 年 1 月第 7 次印刷

标准书号：ISBN 978-7-5722-6576-1

定　　价：55.00 元